Seducción de verano

KATHERINE GARBERA

Aventura de un mes

YVONNE LINDSAY

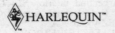

HARLEQUIN™

Editado por HARLEQUIN IBÉRICA, S.A.
Núñez de Balboa, 56
28001 Madrid

I.S.B.N.: 978-84-671-9612-2
Depósito legal: B-1403-2011
Editor responsable: Luis Pugni
Preimpresión y fotomecánica: M.T. Color & Diseño, S.L.
C/ Colquide, 6 portal 2 - 3º H. 28230 Las Rozas (Madrid)
Impresión en Black print CPI (Barcelona)
Fecha impresion para Argentina: 29.8.11
Distribuidor exclusivo para España: LOGISTA
Distribuidor para México: CODIPLYRSA
Distribuidores para Argentina: interior, BERTRAN, S.A.C. Vélez
Sársfield, 1950. Cap. Fed./ Buenos Aires y Gran Buenos Aires,
VACCARO SÁNCHEZ y Cía, S.A.
Distribuidor para Chile: DISTRIBUIDORA ALFA, S.A.

# ÍNDICE

# SEDUCCIÓN DE VERANO

## Katherine Garbera

# *Capítulo Uno*

Julia Fitzgerald miró el Cartier con esfera de diamantes que llevaba en la muñeca y después el cuaderno de notas. Su jefe llegaría exactamente en treinta segundos. Sebastian Hughes era muy puntual. Solía decir que el tiempo era dinero y, aunque él tenía más dinero que el rey Midas, no le gustaba nada desperdiciarlo.

El Cartier era un recordatorio constante de por qué se saltaba las reuniones familiares, las noches de fiesta con sus amigas y por qué soportaba a un jefe tan exigente.

Sebastian pagaba muy bien a su ayudante, secretaria y chica para todo.

La hacienda Siete Robles era enorme, con corrales y establos que ocupaban cientos de metros. En aquel momento estaba en silencio, pero a partir de aquella noche se convertiría en el epicentro de la alta sociedad de los Hampton porque empezaba la temporada de polo.

–Julia, ven conmigo –dijo Sebastian–. Tengo que ir a ver los establos.

Ella asintió mientras tomaba su bolso. Afortunadamente, llevaba unos zapatos marrones de tacón grueso, ideales para caminar por el campo, que se había puesto esa mañana porque sólo quedaban dos días para la inauguración de la temporada de polo y sabía que Sebastian querría revisarlo todo.

Los Hughes eran los fundadores del club de polo de Bridgehampton y el club estaba situado en una hacienda propiedad de la familia de Sebastian que, además de la casa principal, tenía casas para invitados, alojamiento para los mozos e incluso varios apartamentos que el jeque había alquilado esa temporada para sus propios empleados. Sebastian y ella usaban un estudio en la casa como base de operaciones.

–Aquí es donde quiero que instalen la carpa.

–Muy bien.

–Bobby Flay va a venir con Marc Ambrose, el chef, así tendremos publicidad para la inauguración. Por favor, encárgate de todos los detalles.

–Ningún problema –dijo ella, colocándose un mechón de pelo detrás de la oreja.

Sebastian se detuvo para mirarla. Era alto, más bien delgado y llevaba el pelo tan artísticamente despeinado que siempre parecía recién salido de los brazos de su amante.

–Eso es algo que me gusta de ti, Jules.

–¿Qué? ¿Que nunca digo que no?

Julia estaba bromeando porque sabía lo que se esperaba de ella, pero la verdad era que le fastidiaba un poco que Sebastian la llamase Jules. Parecía una tontería, pero se había pasado el primer año recordándole que se llamaba Julia, no Jules.

En fin, daba igual. Él era Sebastian Hughes, acostumbrado a salirse con la suya en todo y, al final, la llamaba como quería. Y ella estaba acostumbrada a su sueldo.

–Exactamente, nunca dices que no –Sebastian sonrió con esa sonrisa suya, tan sexy.

Julia odiaba encontrarlo tan atractivo. Claro que tendría que estar muerta para no hacerlo. Era un hombre alto, moreno, guapo y con cara de travieso; una combinación muy potente.

–¿Has hablado con las revistas y los periódicos?

–Sí, claro. Llevo todo el día al teléfono comprobando que teníamos suficientes famosos. Dicen que Carme Akins va a venir este año, por cierto. Desde su divorcio de Matthew Birmingham es el objetivo favorito de los paparazzi y eso nos garantiza una gran cobertura.

–Sigue con ello –dijo Sebastian–. La cobertura mediática es dinero. Si nadie sabe que están aquí, los periodistas no tendrán razones para venir.

–Lo sé.

–Después de comprobar que no falta nada en los establos necesito que vayas a la clínica y le cuentes a mi padre cómo va todo.

–Muy bien –asintió Julia.

Le gustaba visitar al padre de Sebastian en la clínica en la que estaba recuperándose de un cáncer porque Christian Hughes era un hombre encantador que sabía cómo conquistar a las mujeres. Sebastian tenía esa misma habilidad, pero afortunadamente nunca había intentado conquistarla a ella.

Entonces sonó su BlackBerry y Julia miró la pantalla.

–Ah, Richard ha decidido venir.

–Menos mal.

–La casa de invitados ya está preparada y he llenado la nevera con sus refrescos favoritos.

–Estupendo –dijo Sebastian–. Quiero que lo pase bien este verano. El pobre está tan estresado con eso del divorcio…

–¿Estás preocupado por el estrés de Richard? –preguntó Julia.

–Sí, porque afecta al negocio. Tiene que estar animado para poder concentrase en el trabajo.

Richard Wells no era sólo el mejor amigo de Sebastian, también era su socio y habían creado Clearwater Media juntos. Pero Julia sabía que el divorcio le había afectado muchísimo.

–Haré todo lo posible para que se encuentre a gusto.

–Eso es lo único que te pido –dijo Sebastian–. ¿Sabes algo del jeque Adham Aal Ferjani?

–Su vuelo está en camino y me han confirmado que llegará al helipuerto. Sé que querías ir a recibirlo, pero llegará al mismo tiempo que Richard.

Sebastian sacó su BlackBerry y miró la pantalla.

–Tomaré una copa con Richard más tarde, prefiero ir a buscar al jeque. O tal vez podría enviar a Vanessa.

–La llamaré, si quieres.

–No, no es necesario. La verdad es que no sé si podrá con el jeque. ¿Qué más cosas tengo esta noche?

–Cenar con Cici.

Cici O'Neal era la heredera de la lujosa cadena de hoteles Morton y la última novia de Sebastian. Pero, en realidad, era una chica insoportable. Llamaba a Julia cada día con una lista de cosas que necesitaba para su estancia en la hacienda y la tenía harta.

–Hay algo más que debes hacer por mí, Jules –dijo Sebastian entonces.

Julia miró esos ojos de color azul cielo y se preguntó si su jefe se daría cuenta de que estaba a punto de explotar. Tal vez porque seguía llamándola Jules o tal vez porque estaba harta de Cici, no estaba segura. Sólo sabía que estaba a punto de ponerse a gritar y ella no era así. Intentó respirar profundamente, pero la respiración que le habían enseñado en las clases de yoga no servía de nada. Estaba cansada de ser bien pagada pero invisible. Aunque seguramente Sebastian ignoraba que tenía que hacer un esfuerzo para ocultar sus emociones porque nunca le prestaba demasiada atención.

–Dime qué necesitas –Julia intentó sonreír.

Por el rabillo del ojo vio al guapísimo jugador de polo argentino Nicolás Valera saliendo de uno de los establos. Era el mejor del equipo y, según los rumores, cuando dejase de jugar se convertiría en modelo de la marca Polo de Ralph Lauren.

–Necesito que llames a Cici y le digas que todo ha terminado entre nosotros.

–¿Qué? –Julia miró a Sebastian, convencida de haber oído mal.

–Llama a Cici y dile que hemos roto. Después, envíale esto –Sebastian sacó del bolsillo una caja de la joyería Tiffany y la puso en su mano.

Julia tomó la caja automáticamente. Pero ella no iba a llamar a su última conquista para decirle que habían roto. Por insoportable que fuera Cici, la chica merecía que se lo dijera el propio Sebastian.

De modo que le devolvió la caja y negó con la cabeza.

–No, de eso nada. Esto es algo que vas a tener que hacer tú mismo.

\*\*\*

11

Sebastian parpadeó, sorprendido. Jules nunca le decía que no y él no estaba acostumbrado a que nadie le negase nada. Había aprendido muy pronto que si actuaba como alguien que siempre se salía con la suya, al final se salía con la suya.

–¿Qué has dicho?

–He dicho que no –repitió Julia–. No pienso darle esa noticia a Cici. Hazlo tú.

–Yo decidiré lo que hay que hacer, Jules. Cici sabe que no vamos en serio y este regalo servirá para aplacarla.

Julia negó con la cabeza.

–Cici lleva semanas llamándome para pedir unas cosas y otras porque tenía intención de venir, así que no pienso hacerlo. Es lo más personal que me has pedido que hiciera nunca, demasiado personal.

–Visitar a mi padre también es algo personal y no pareces tener ningún problema en hacerlo –replicó él–. Mira, no tengo tiempo para esto, Jules…

–¿Cuántas veces tengo que decirte que me llamo Julia? –le espetó ella entonces, enfadada–. No me escuchas, Sebastian.

–Oye, un momento. ¿Se puede saber qué te pasa hoy? Pensé que habíamos llegado a un acuerdo sobre el nombre.

Ella sonrió, burlona.

–No, no hemos llegado a ningún acuerdo. Sencillamente, dejé de recordarte cómo me llamo cuando quedó claro que no me hacías ni caso.

Sebastian la miró entonces fijamente, acaso la primera vez que hacía eso en dos años. Era muy atractiva, con una larga y sedosa melena de color castaño que caía sobre sus hombros y los ojos de color chocolate. Cuando la entrevistó para el puesto se dio cuenta de que se sentía atraído por ella, pero sabía que nunca haría nada al respecto. Los hombres que se acostaban con sus secretarias terminaban haciendo el idiota y él no era ningún idiota, de modo que había decidido olvidar esa atracción.

Pero aquel día, con el sol iluminando su cara, de nuevo se quedó sorprendido por lo guapa que era.

Llevaba un vestido de verano sin mangas y las gafas de sol sobre la cabeza... pero estaba enfadada. Y Sebastian sabía que eso era un problema.

Nada que no pudiera solucionar, claro. Tal vez si le ofrecía una compensación económica cedería y haría el trabajo sucio por él.

—Vamos a hablar, Jules... Julia —empezó a decir.

A él le parecía que Jules le pegaba más, pero se daba cuenta de que la molestaba de verdad. O tal vez le molestaba que no le hubiera hecho caso.

—Llama tú a Cici. Yo me encargaré de enviarle el regalo —dijo Julia entonces.

—Si llamas a Cici por mí, te compensaré.

No quería tener que lidiar con Cici aquel día. Si su relación fuera más seria, no le pediría a Julia que la llamase, pero Cici sólo salía con él por sus contactos y su posición. Y a él le gustaba salir con ella porque era muy guapa, pero ahora que empezaba la temporada de polo tenía demasiadas cosas que hacer como para ocuparse de una novia.

Había esperado, bueno, lo habían esperado todos, que su padre estuviese recuperado para la temporada de polo, pero su lucha contra el cáncer de páncreas estaba durando más de lo que habían anticipado. Su hermana menor, Vanessa, decía que como estaba acostumbrado a salirse con la suya, cuando les dijo a los médicos que tenía que estar recuperado para el mes de mayo, todos creyeron que sería así.

–Sebastian, ¿me estás escuchando? No puedes compensarme por algo así. Vas a tener que hablar con Cici tú mismo.

Bajo ese aspecto exterior tan duro Julia tenía un corazón blanco y él lo sabía. Y lo sabía porque, según ella, las mujeres esperaban gestos románticos. Seguramente porque eso era lo que su ayudante esperaba de los hombres.

–Te regalaré, a ti y a tu familia, unas vacaciones pagadas en la isla de Capri si lo haces –la tentó. No conocía a su familia, pero imaginaba que tendría una y le gustaría pasar las vacaciones con ellos.

–Mentiroso.

–¿Qué?

–No dejarás que me vaya de vacaciones –dijo Julia–. Estaría todo el día colgada de mi BlackBerry haciendo cosas para ti.

–Sí, bueno, tienes razón. ¿Pero qué voy a hacer sin ti, Jules… digo Julia? Tú eres mi mano derecha.

–Lo sé y tú sabes que haría casi cualquier cosa por ti, pero no pienso romper con Cici en tu nombre, Sebby.

–¿Sebby?

–¿Por qué no? Mientras tú sigas llamándome Jules…

Él suspiró, divertido al ver un brillo burlón en sus ojos.

–Estoy dispuesto a darte cincuenta mil dólares si llamas a Cici.

El brillo burlón se convirtió en uno de auténtica furia entonces.

–No.

–Pensé que estábamos negociando.

–No estamos negociando nada. Me niego a romper con Cici por ti, ésa es una línea que no pienso cruzar. Visitar a tu padre, apretar la mano de tu socio después de su divorcio, controlar las locuras de tu hermana… esas cosas pueden entrar en la descripción de mi trabajo. ¿Pero romper con una mujer? No, lo siento, no pienso hacerlo.

–¿Y si doblase la oferta?

Julia lo miró, atónita.

–¿Sabes una cosa? Me marcho, se terminó. Debería haberme ido hace mucho tiempo. Me decía a mí misma que trabajando para ti llegaría donde quiero, pero sencillamente no puedo seguir haciéndolo.

–No puedes marcharte ahora que empieza la temporada de polo –exclamó Sebastian–. Tú sabes que te necesito, estoy a tu merced.

–¿Estás a mi merced o éste es otro de tus jueguecitos para conseguir lo que quieres?

–Te necesito de verdad –insistió él. No podría reemplazar a Julia por mucho que quisiera y enseñar a una ayudante nueva todo lo que tenía que hacer… no, imposible. Necesitaba a Jules a su lado, encargándose de los detalles que él no tenía tiempo de controlar.

–Quiero creerlo, pero sé que dirías lo que fuera para que no me marche, te conozco bien.

–Pues claro que lo diría. Yo llamaré a Cici, de acuerdo. Aquí no ha pasado nada.

Julia negó con la cabeza.

–Sí ha pasado. Crees que haría cualquier cosa por dinero.

–Acabas de demostrar que no es así –dijo Sebastian–. Si te quedas hasta que termine la temporada de polo te daré el doble de tu último sueldo y buscaré un puesto en Clearwater donde seas tu propia jefa. ¿Qué tal suena eso?

Julia inclinó a un lado la cabeza y Sebastian vio en sus ojos que quería creerlo.

—Yo soy un hombre de palabra, tú lo sabes.

—Muy bien, trato hecho. Pero tendrás que romper con Cici tú solito.

—Ya he dicho que lo haría.

Ella le ofreció su mano.

—Sellemos el acuerdo con un apretón.

Sebastian estrechó su mano, pero al hacerlo sintió una especie de calambre en el brazo. Maldita fuera, no necesitaba recordar la atracción que sentía por ella en ese momento. Pero tal vez su fuerte carácter y sus convicciones habían aumentado la atracción que sentía por su ayudante.

—Trato hecho —le dijo, apretando su mano durante unos segundos más de lo necesario.


Julia no sabía qué pensar sobre la oferta de Sebastian. Pero él sonreía, satisfecho, y eso la hizo sentir que, como siempre, se había salido con la suya.

Julia miró de nuevo el Cartier que llevaba en la muñeca. Aparentemente, sí tenía un precio.

Pero ella había crecido en un mundo totalmente alejado de sitios como el club de polo de Bridgehampton. De hecho, jamás en su vida había ido a un partido de polo hasta que empezó a trabajar para Sebastian.

Él le había mostrado un mundo al que Julia, criada en un pueblecito de Texas, jamás había tenido acceso. Y era un mundo con el que había soñado siempre.

–Voy a visitar a tu padre –le dijo, apartando la mano e intentando olvidar el escalofrío que sintió en el brazo.

–Muy bien. Yo tengo que hablar con Vanessa y luego llamaré a Cici.

–Más tarde iré a probar el menú para la cena previa a la inauguración. Quiero asegurarme de que no haya ningún error.

–Jules.

–¿Sí?

–Gracias por quedarte –Sebastian alargó una mano para ponerla sobre su hombro, mirándola con sus preciosos ojos azules.

Y Julia tragó saliva. Después de dos años como su chica para todo, de repente Sebastian Hughes le parecía más atractivo que nunca. Y, por lo tanto, más peligroso.

Ella no quería sentirse atraída por Sebastian por muchas razones; la primera, que no era la clase de hombre que le daría lo que ella necesitaba en un novio. No, con él sólo podría tener una aventura tórrida.

¿Y no había visto suficientes víctimas de Sebastian Hughes como para estar alerta?

–Era lo más profesional –le dijo.

–Y tú siempre eres profesional.

–Intento serlo –asintió Julia. Aquel día estaba siendo tan extraño que empezaba a perder el control de la situación, pensó cuando Sebastian deslizó una mano por su brazo.

Nunca antes la había tocado y ahora se alegraba de ello porque habría estado perpetuamente de los nervios en la oficina si la hubiera tocado desde el primer día.

–No creo que debas… –Julia no sabía cómo terminar la frase.

–Tienes la piel muy suave –dijo Sebastian, acariciando su brazo.

–Es que uso crema hidratante –murmuró ella, percatándose de lo absurdo del comentario.

–Sí, es verdad. De melocotón, ¿no?

–Sí –Julia levantó la cara para mirarlo. ¿Cómo sabía eso?

Sebastian pasó un dedo por la articulación del codo y, de nuevo, ella sintió un escalofrío que, en esta ocasión, viajó desde el brazo hasta el pecho, endureciendo sus pezones. Y, tontamente, se preguntó cómo sería sentir sus caricias en otras partes de su cuerpo.

Pero enseguida sacudió la cabeza, intentando contener la atracción que sentía por él. Por Sebastian Hughes, su jefe.

No, imposible, absurdo.

–Soy tu ayudante –le dijo, dando un paso atrás.

–Durante una temporada más. Pero creo que mi regla sobre no tener romances con nadie de la oficina está a punto de romperse.

–No tengo la menor intención de ayudarte a romper esa regla, Sebastian.

Él se inclinó un poco y el aroma de su aftershave la asaltó. Era mucho más alto que ella y bloqueaba el sol de media tarde con su cuerpo.

–Tus ojos cuentan otra historia.

Julia abrió mucho los ojos, atónita. ¿Sebastian sabía que se sentía atraída por él? Bueno ¿y qué?, pensó entonces. Ella era humana y él era un hombre guapísimo.

Pero era su jefe. Y las chicas que se acostaban con sus jefes tenían carreras profesionales notoriamente cortas.

–No.

Sebastian sonrió.

–No vamos a seguir trabajando juntos durante mucho más tiempo, Julia.

–Yo no soy una adquisición –dijo ella–. No puedes insistir en que haga lo que tú quieres. Y no pienso cambiar de opinión sólo porque te niegues a aceptar una negativa.

–Sí, lo harás.

¿Por qué estaba tan convencido de que podía tenerla?, se preguntó. Julia creía haber ocultado bien su atracción por él durante esos dos años pero, por lo visto, no había escapado a su atención. ¿Habría esperado el momento adecuado para aprovecharse?

–¿Señor Hughes?

Sebastian se volvió para saludar a un hombre que se acercaba por el camino y Julia aprovechó la oportunidad para desaparecer. No sabía muy bien lo que había pasado, pero sí sabía que debía alejarse de allí lo antes posible.

Una vez de vuelta en la oficina se dejó caer frente al escritorio, intentando recuperar la tranquilidad. Al menos allí sabía lo que se esperaba de ella.

El chef Ambrose le prometió tener preparado el menú de evaluación a las siete en punto y, mientras se encargaba de los últimos detalles antes de visitar a Christian Hughes, intentó olvidar la conversación con Sebastian y su respuesta a la caricia de sus dedos.

Estaba a punto de conseguir lo que quería: Sebastian le había prometido un puesto en la empresa en el que no tendría jefe. Estaba harta de aceptar órdenes y lista para ser ella quien tomase la iniciativa.

Y no pensaba estropearlo a última hora.

De modo que, decidida, subió a su Volkswagen descapotable y se colocó tras el volante. Aunque hacía calor, allí no era tan insoportable como en Texas, de modo que bajó la capota y se puso las gafas de sol.

Con un nuevo trabajo podría comprarse el Audi A3 descapotable con el que soñaba. Además, no trabajaría para Sebastian y eso era lo mejor.

Sebastian era un hombre complicado y hacía que su vida fuese complicada estando en ella. ¿Debería haberse marchado?, se preguntó.

No habría sido fácil porque le tenía cariño a la familia Hughes. Sebastian, su padre, Christian, su hermana Vanessa, todos se habían convertido en una parte de su vida y marcharse... en fin, no estaba preparada para eso todavía.

Había empezado de nuevo en una ocasión y hacerlo otra vez no entraba en sus planes. Aunque sería mejor recordar que se había quedado porque quería hacerlo.

No le apetecía volver a empezar ahora que estaba tan cerca de tener todo lo que siempre había querido: más dinero, la oportunidad de ser su propia jefa y a Sebastian Hughes.

¿Qué?

¡Ella no quería a Sebastian Hughes!

Julia sacudió la cabeza.

Sí lo quería. Y saber que sólo estarían juntos una temporada más iba a hacer que resistirse a esa atracción fuera muy difícil.

# *Capítulo Dos*

Christian Hughes era y siempre sería un encanto de hombre. Julia podía escuchar su voz ronca mientras iba hacia la habitación y su enfermera privada, Lola, le sonrió cuando se cruzaron en el pasillo.

–¿Cómo está hoy?

–Tan presumido como siempre –respondió Lola.

Había ido a ver a Christian el día anterior, pero cuando llegó ya se había dormido, de modo que esa mañana fue muy temprano y con su pastel favorito, un brioche de chocolate, como una forma de disculpa.

–Buenos días, Christian.

–Ah, Julia, siempre hay una razón para que sean buenos días cuando vienes a visitarme.

Ella sonrió y Christian le hizo un gesto a su enfermero para que saliera de la habitación.

Había perdido todo el pelo y llevaba una bata azul de hospital que hacía que sus ojos pareciesen aún más claros. Pero en la solapa de la bata se había puesto una rosa y, a pesar de todo, tenía un aspecto elegante y sofisticado. Como siempre.

Julia colocó sobre la cama la bandeja del desayuno y puso encima el brioche. La clínica en la que Christian estaba recuperándose de la quimioterapia era sólo para los muy ricos, de modo que aquel sitio no parecía una habitación de hospital. Los suelos eran de mármol y tenía una alfombra turca que, según Christian, Vanessa le había comprado. Había fotografías de sus hijos en las paredes y algunas, enmarcadas, de pasados campeonatos de polo.

La hacienda Siete Robles y club de polo eran el orgullo de Christian Hughes, tanto como sus hijos.

–Siento no haber podido venir a verte ayer –se disculpó, cambiando las flores del jarrón por las que había comprado en la tienda–. Bueno, en realidad vine pero ya estabas dormido.

–No te preocupes. ¿El jeque llegó ayer?

–Sí, ya está aquí. Sebastian fue a buscarlo al helipuerto y sus caballos están en el establo.

–¿Los has visto?

–No, aún no. Pensaba pasar hoy por allí.

–Si se parecen a su dueño, imagino que te dejarán impresionada. Estoy deseando que me cuentes cómo son –dijo Christian.

Julia tomó nota para hacerles fotografías. Todo el mundo esperaba que Christian se hubiera recuperado para cuando empezase la temporada de polo, pero eso no iba a pasar.

–Te haré un informe completo –le aseguró. Y luego le habló sobre la cena que tendría lugar esa noche, antes de la inauguración oficial.

Christian le hizo muchas preguntas, como ella esperaba, e incluso le ofreció algunas sugerencias, pero cuando miró su reloj se dio cuenta de que llevaba allí más de una hora.

Él dejó escapar un suspiro al ver que se levantaba.

–Veo que tienes que marcharte.

–Sí, me temo que sí. Tu hijo es un jefe muy exigente.

–Imagino que no será fácil trabajar con él.

–Sí lo es. Además, me recuerda mucho a ti –Julia sonrió–. Él sabe que hace falta determinación y trabajo duro para triunfar en la vida.

–Eso es verdad. Creo que lo eduqué bien.

–Yo también lo creo, Christian. ¿Tu mujer era tan decidida como tú?

Julia sabía poco sobre la madre de Sebastian, Lynette, aparte de que había muerto en un accidente de tráfico cinco años antes.

–Lynette fue una buena esposa y entendía la importancia de una buena posición –fue la respuesta de Christian.

Julia intuyó que había algo que no le estaba contando pero, por supuesto, también sabía que Christian no iba a contarle nada malo sobre su esposa muerta.

–Pasaré por aquí mañana –le prometió, mientras tomaba su bolso. Llamaría a Vanessa para preguntarle a qué hora iba a ir a la clínica porque solían turnarse. Aunque ella no tenía familia, sabía que era importante que Christian pudiera estar a solas con sus hijos.

–Estaré esperando.

–¿Qué estarás esperando, papá? –Sebastian entró en la habitación y Julia dio un paso atrás mientras abrazaba a su padre, pero tuvo que apartar la mirada.

Ver esa faceta tan cariñosa de su jefe siempre la ponía un poco nerviosa. En la oficina era exigente e incluso podía ser implacable, pero que fuera tan afectuoso con su padre…

–Ver a Julia –dijo Christian.

–Todos queremos ver a Julia –murmuró Sebastian–. ¿Te ha contado que ha estado a punto de dejarme?

–No, qué horror. ¿Qué le has hecho?

–¿Por qué crees que le he hecho algo? –protestó Sebastian, haciéndole un guiño que la puso aún más nerviosa. Y no ayudaba nada que hubiera soñado con él por la noche.

–Soy tu padre, Seb.

–Ah, claro, es cierto. ¿Julia te ha contado cómo van los preparativos para la fiesta?

–Sí, me lo ha contado. Pero yo quiero saberlo todo sobre lo caballos del jeque Adham Aal Ferjani. ¿Los has visto ya?

–Bueno, yo tengo que irme –intervino ella, dirigiéndose a la puerta.

–Vuelvo enseguida, papá. Tengo que hablar con Julia un momento.

–Tómate el tiempo que quieras.

Sebastian la llevó a una sala de espera para las visitas, pero cuando Julia iba a sacar su cuaderno de notas él puso una mano en su brazo, negando con la cabeza.

–Gracias.

–¿Por qué?

–Por no dejar que lo que pasó ayer afecte a tu trato con mi padre.

–Me cae bien tu padre.

–Me alegro porque tú también le caes bien a él. ¿Entonces seguimos siendo amigos?

–Sí –contestó ella–. Ya no estoy enfadada contigo, no te preocupes.

–¿Ayer estabas enfadada?

Julia le dio un golpe en el brazo, intentando mantener la relación que habían mantenido siempre, pero las cosas estaban cambiando entre ellos. Sebastian nunca le había dado las gracias por visitar a su padre y ella no podía dejar de pensar que empezaba a mirarla de otra manera.

–Creo que tú sabes que lo estaba.

–Sí, lo sé –asintió Sebastian, acercándose un poco más. El aroma de su aftershave parecía envolverla. Estaba intentando seducirla, lo sabía porque lo había visto en acción muchas veces con otras mujeres. Pero con ella le parecía diferente–. Ayer no terminamos nuestra conversación.

–¿Qué conversación?

–Sobre los romances en la oficina.

Julia respiró profundamente.

–Tengo mucho trabajo que hacer y yo creo que sí terminamos la conversación.

Sebastian la miró a los ojos y ella tuvo que contener el aliento.

–¿Lo dices en serio?

–Sí, lo digo en serio –Julia sabía que era mentira.

«Dios mío», pensó, «Sebastian Hughes me ha convertido en una mentirosa».

De modo que salió al pasillo apresuradamente antes de confesárselo todo y darle a Sebastian carta blanca con su corazón.


Sebastian se quedó con su padre hasta que Vanessa llegó. Christian parecía estar mucho mejor ahora que dos meses antes, pero su hermana y él seguían preocupados. Nunca habían tenido una buena relación con su madre, a quien importaba más su posición en la sociedad de los Hampton que sus hijos. Christian Hughes había sido su apoyo desde siempre.

Cuando volvió a la hacienda Siete Robles, encontró una nota de Julia sobre el escritorio. Su aroma se había quedado en el despacho…

Iba a echar de menos trabajar con ella todos los días, pensó, pero si se salía con la suya, llegaría a conocerla mucho mejor antes de que se fuera. ¿Y quién sabía dónde podría llevarlos eso?

Pero entonces pensó que debía tener cuidado. Las relaciones sentimentales podían ser la ruina de un hombre; Richard era el ejemplo perfecto. El divorcio de su amigo lo había dejado destrozado y no era capaz de ponerlo todo en el trabajo como antes. Él no podría permitírselo, de modo que tal vez debería dar un paso atrás, pensó.

Entonces oyó pasos sobre el suelo de mármol italiano y, un segundo después, Julia entró en el despacho.

—Ah, ya has vuelto.

—Sí, he vuelto.

—Tengo que hablar con el chef Ambrose. Quiere hacer canapés de trufa y caviar para la cena previa a la inauguración y anoche no me gustaron mucho.

—¿No?

—No, la verdad es que no. Pero preferiría que me dieras tu opinión.

—Iré contigo —dijo Sebastian—. Pero sólo tengo unos minutos antes de ir al campo de entrenamiento. Sé que los caballos del jeque van a entrenar esta mañana y quiero verlos en acción.

—Yo también —admitió ella—. He oído hablar tanto de esos caballos que siento curiosidad. A tu padre le encantaría poder estar aquí.

—Sí, desde luego. Y me gustaría traerlo antes del primer partido, pero no sé si será posible.

—Hablaré con su enfermera para ver qué se puede hacer.

–Estupendo –Sebastian asintió con la cabeza–. Pídele también su opinión al doctor Gold, por si acaso.

–Lo haré.

En las cocinas la actividad era extraordinaria. La hacienda Siete Robles tenía un chef de primera y las cocinas estaban siempre disponibles para los invitados y los socios del club.

–El chef Ambrose me ha pedido que esperen un momento –les dijo Jeff, su ayudante.

–Ah, muy bien –asintió Sebastian.

Julia se apartó un poco para anotar algo en su cuaderno. El sol que entraba por las ventanas hacía brillar su pelo y, cuando inclinó a un lado la cabeza, Sebastian pensó una vez más lo preciosa que era. Cuando la miraba veía algo más que la ultraeficiente secretaria, veía a Julia.

–¿Por qué me miras así?

–Eres muy guapa –dijo Sebastian. Y luego se dio cuenta de que debía parecer idiota.

Ella soltó una carcajada.

–Gracias. ¿Acabas de darte cuenta?

–Sí, parece que sí. Bueno, en realidad, no. Siempre había pensado que eras guapa, pero ahora es diferente.

Julia arqueó una ceja.

–¿En qué sentido?

Sebastian se encogió de hombros.

–No estoy seguro, pero…

–Mira, no creo que… –empezó a decir ella.

–Quiero que sepas que…

–Siento haberos hecho esperar –los interrumpió Marc Ambrose–. Tenía que hablar con los del Canal Cocina sobre la cena de mañana.

–Ningún problema. Bueno, cuéntanos, ¿qué tienes

para nosotros? –le preguntó Sebastian, sin dejar de mirar a Julia. Sabía que no era buena idea sentirse atraído por su ayudante, pero le había prometido un puesto mejor en la empresa y, en su opinión, eso significaba que no iban a trabajar juntos durante mucho más tiempo. Y, por lo tanto, Julia ya no estaba fuera de su alcance.

Saber eso había hecho que la mirase de otra forma, pero tal vez ella no sentía lo mismo. Él era un jefe exigente y a menudo la notaba irritada o molesta, pero Julia siempre se mordía la lengua y hacía lo que le pedía.

Eso había sido suficiente hasta aquel momento, pero ahora… ahora quería más. Quería ver esos bonitos ojos castaños brillando de deseo por él. Quería que lo deseara.

Él nunca había aceptado negativas cuando quería algo y no pensaba empezar con Julia. Pero debía ir con cuidado. Ella lo conocía bien, tal vez mejor que nadie, y no se dejaría seducir por sus tácticas de siempre. Para empezar, tendría que ponerse serio y dejar de darle órdenes como si fuera una empleada normal.

Era hora de renovar el juego.

El chef Ambrose se apartó un momento para buscar una bandeja de canapés y Sebastian aprovechó la ocasión.

–Vamos a cenar juntos esta noche –le dijo.

–En la cena previa a la inauguración, ya lo sé –asintió Julia.

–Quiero que te sientes a mi lado.

Aparentemente, no era tan fácil dejar de darle órdenes como había pensado.

–¿Por qué? –preguntó ella–. Yo creo que deberíamos cubrir diferentes lados del salón para comprobar que todo va como está previsto.

Sebastian negó con la cabeza.

—Este año estarás sentada a mi lado.

Julia asintió, sorprendida. Pero no pudo decir nada porque el chef Ambrose volvía con la bandeja en ese momento.

Julia no paró de trabajar en todo el día, lo cual estaba bien porque así evitaba pensar demasiado o ponerse nerviosa por la cena. ¿Qué le estaba pasando a Sebastian?, se preguntó. ¿Por qué le había pedido que se sentara a su lado de una manera tan oficial?

Suspirando, miró su lista de cosas que hacer, intentando controlar la ansiedad. Aún tenía que fotografiar a los caballos del jeque para que Christian pudiera verlos al día siguiente…

Eran las cuatro y media y tenía que cambiarse antes de la cena, de modo que debía darse prisa. Tomando su cámara digital, se dirigió a los establos, de los que salía en ese momento Richard Wells.

Richard era un hombre guapo, pero los eventos de los últimos meses le habían afectado mucho. Aunque Sebastian esperaba que pasar un mes en la hacienda lo animase y lo ayudase a reencontrarse consigo mismo.

—Julia —la saludó él.

—Hola, Richard, ¿lo estás pasando bien?

Aunque Richard y Sebastian eran socios, no se sentía tan cómoda como para hablar de cosas personales con él.

—Sí, muy bien. He pasado la mañana viendo a los mozos practicando con los caballos.

–¿Los caballos del jeque son tan impresionantes como dicen?

–Lo son, desde luego –contestó Richard.

Julia notó que tenía la mirada perdida y se preguntó si su problema sería algo más que el divorcio por el que estaba pasando.

–Estupendo, le prometí a Christian que le haría un informe completo –dijo Julia, mostrándole la cámara.

–Podrías pedirle al entrenador que hablase con Christian por videoconferencia.

–Ah, una idea estupenda. Así sentirá que está aquí, aunque no pueda salir de la clínica. Muchas gracias, Richard.

–De nada. Christian es un tipo estupendo, el padre que a mí me hubiera gustado tener.

–A mí también. Sebastian es un hombre con suerte.

–Sí –murmuró Richard– lo es.

Después se alejó y Julia siguió su camino hacia los establos. ¿Por qué no se le había ocurrido a ella la idea de la videoconferencia? Era fantástica.

Rápidamente llamó a Lola, la enfermera de Christian, y le preguntó si podían instalar una cámara con monitor en la habitación. Y, afortunadamente, Lola no le puso ninguna pega.

Cuando llegó a los establos vio a Catherine Lawson, la jefa de cuadras del jeque.

–¿Señorita Lawson?

–¿Sí?

–Soy Julia Fitzgerald, la ayudante de Sebastian Hughes.

–Ah, encantada de conocerla. ¿Ha venido a ver los caballos?

–Sí, quiero ver a los caballos. Pero también me gustaría pedirle un favor.

–No puedo dejar que los monte nadie –le advirtió la mujer.

Julia soltó una carcajada.

–No, no es eso –dijo luego–. Seguramente me caería y me rompería el cuello.

Catherine rió también.

–¿Qué puedo hacer por usted entonces?

–El padre de Sebastian fue quien creó el club de polo de Bridgehampton y es un gran fan del deporte, pero no puede venir a los partidos porque está en una clínica, recuperándose. Me gustaría saber si le importa que haga algunas fotografías y tal vez un vídeo de los caballos para que pueda verlos desde la clínica.

–No me importa en absoluto –respondió Catherine.

–Genial.

Julia se quedó con ella más tiempo del que había esperado, pero consiguió las fotos y el vídeo que quería y una hora después había organizado la videoconferencia.

Volvió a la oficina a toda prisa porque apenas tenía tiempo y encontró a Sebastian esperándola.

–He quedado con Richard para jugar al tenis mañana. ¿Te importa apuntarlo en mi agenda?

–Ahora mismo.

–Carmen Akins va a venir esta noche al Star Room. Si no te importa encargarte de que esté bien atendida…

–No, por supuesto –dijo Julia.

–Debemos aprovechar su estancia aquí.

–Estoy en ello. Sólo necesito media hora para cambiarme de ropa y arreglarme un poco antes de la cena.

–Iré a buscarte –dijo Sebastian–. Tenemos una cita esta noche.

–Tenemos trabajo esta noche –le recordó Julia, intentando que no sonara tan íntimo. Pero sabía que era demasiado tarde. Iba a cenar con Sebastian esa noche y quería estar lo más guapa posible.

–Es una cita –dijo él–. Más tarde pasaremos por el Star Room y veremos cómo lo está pasando todo el mundo.

–No creo que…

–Yo sí lo creo.

Julia suspiró. Quería esconderse, dejarle claro que debían seguir siendo lo que habían sido hasta aquel momento, pero Sebastian no se lo ponía fácil.

–Vanessa me ha dicho que mi padre ha hablado con Catherine Dawson por videoconferencia. Muchas gracias, Julia.

Ella se puso colorada.

–En realidad, ha sido idea de Richard.

–Él es un buen amigo, pero tú te has encargado de todo.

–Richard parece estar pasándolo bien aquí –dijo Julia entonces.

–Sí, lo sé. A ver si encontramos un momento para sentarnos los tres y hablar de tu nuevo papel en la organización.

Julia asintió con la cabeza. Había querido mencionárselo, pero no encontraba la oportunidad. Y, aunque no dudaba de que Sebastian cumpliría su palabra y se lo agradecía, una parte de ella echaría de menos trabajar con él.

–¿Alguna cosa más? –le preguntó.

–Sí, gracias otra vez.

—No seas tonto, sólo estaba haciendo mi trabajo.

—No, has hecho mucho más que eso.

Tenía que cambiar de conversación cuanto antes porque estaba haciendo que deseara seguir con él, pero sabía que eso no iba a pasar. Sebastian no la trataría como lo estaba haciendo si no estuviera a punto de marcharse. «Recuerda eso», se dijo a sí misma.

Julia salió de la oficina antes de que pudiera decir algo más. Debería estar repasando las tareas de las que tenía que encargarse antes de la cena, pero sólo podía pensar en Sebastian, en cómo le hablaba y en cómo la miraba. El día anterior era el mismo de siempre: implacable, eternamente atareado y dando órdenes. Ahora, de repente, se portaba como un caballero… o casi.

¿Estaba intentando convencerla de que podía haber algo entre ellos?

¿Podría haber algo entre ellos?

Sebastian Hughes estaba tan fuera de su alcance que Julia ni siquiera sabía cómo se le había ocurrido pensarlo. Era tan increíblemente rico mientras ella… bueno, ella era su secretaria. ¿Qué diría la gente si se convirtiesen en una pareja? ¿Duraría la relación?

¿O terminaría con una llamada de su nueva ayudante y un regalo de Tiffany?

# *Capítulo Tres*

Eran casi las once y el Star Room, el club que habían elegido para la ocasión, estaba lleno de gente. Lo mejor de la sociedad de Bridgehampton, además de las celebridades que habían ido desde Nueva York o Los Ángeles para pasar el fin de semana, se había reunido allí.

En general, Sebastian estaba satisfecho. El club de polo de Bridgehampton seguía siendo un sitio de encuentro para la alta sociedad y se alegraba de que los famosos apareciesen aunque fuese él, y no su padre, quien estuviera a cargo de todo.

Julia estaba cerca de la barra, charlando con Catherine Lawson. Las dos mujeres parecían fuera de lugar en el club, pero por diferentes razones. A pesar del martini que tenía en la mano, Julia parecía seguir trabajando y Catherine daba la impresión de querer volver a los establos.

Sebastian se abrió paso entre la gente, charlando con aquéllos que le interesaban. Las relaciones públicas eran importantes no sólo porque fuera el comienzo de la temporada, sino porque la familia Hughes siempre intentaba que los invitados se sintieran como en casa.

Cuando por fin llegó al lado de Julia, ella estaba charlando con dos chicas a las que no reconoció.

–Hola, Sebastian.

–Buenas noches, señoritas.

Las chicas se alejaron discretamente y Sebastian miró a su ayudante con una sonrisa en los labios. Estaban tan solos como podían estarlo en un club lleno de gente.

–¿Quieres una copa? –le preguntó Julia.

–No, sólo quería hablar un momento contigo. En privado.

–Muy bien, aunque estoy agotada.

–¿Ha sido un día muy largo?

–Sí, desde luego.

–Ven, vamos a la terraza.

–Está cerrada.

–Para mí no.

–Ah, claro, por un momento había olvidado con quién estaba.

–¿En serio?

–Pero sólo un segundo –dijo Julia, mirando alrededor–. Creo que el año que viene lo echaré de menos.

–El año que viene vendrás como invitada –dijo Sebastian, tomándola del brazo para salir a la terraza–. Tú eres una parte muy valiosa de la familia Clearwater.

Ella asintió con la cabeza, complacida. En realidad, había querido decir que echaría de menos estar con él. Y era verdad, pensó. Daba igual que pretendiera estar trabajando esa noche, lo había pasado muy bien durante la cena, le había gustado estar sentada al lado de Sebastian y ése era el trabajo que quería en realidad, pero era peligroso y debía tener cuidado. Sebastian era un seductor y ella sólo sería una más en una larga lista de conquistas.

Sebastian abrió una de las terrazas del Star Room.

No quería pensar que Julia no estarían juntos el año siguiente. Aunque le había dado su palabra de buscarle un puesto mejor en la empresa, un puesto en el que estuviera a cargo y no tuviera que responder directamente ante él, la verdad era que la quería a su lado.

—He estado pensando en ese nuevo puesto…

—¿Qué has pensado? No me digas que has cambiado de opinión.

—No, en absoluto. Tú sabes que soy un hombre de palabra.

—Sí, lo sé, pero… en fin, tengo miedo de que ocurra algo y al final no obtenga ese puesto.

Sebastian negó con la cabeza.

—Si yo tengo algo que decir, el puesto será tuyo. Quiero que tengas lo que tanto te has esforzado en conseguir. Es importante para mí, en serio.

Julia llevaba el pelo sujeto en un elegante moño que le daba a sus facciones un aspecto más delicado que de costumbre. A la luz de la luna, con la suave brisa veraniega moviendo el aire, parecía casi etérea. Como si no debiera estar allí con él. De hecho, Sebastian sabía que no debería estar. Julia Fitzgerald no era su tipo de mujer. O, más bien, él no era su tipo de hombre.

Julia era demasiado sólida, demasiado real para una relación sin importancia como las que solía tener él. No era el tipo de mujer que aceptaría una joya cuando las cosas terminasen… y terminarían porque él no podía ser el hombre que merecía. Pero, por alguna razón, eso no era suficiente para que se echase atrás. Aún la deseaba.

Sebastian alargó una mano para tocar un mechón de pelo que había escapado del moño, acariciándolo entre los dedos.

Pero ella se apartó.

—No creo que sea buen momento para esto —empezó a decir, nerviosa—. No he pensado en nada más que en mi carrera desde que vine aquí y no quiero perder de vista el objetivo.

—Lo sé, pero me temo que no puedo evitarlo. Hay algo en ti…

—¿Estás diciendo que te he hipnotizado de repente? —le preguntó Julia, irónica.

—No, estoy diciendo que ahora que me he permitido a mí mismo verte como una mujer sexy no puedo quitármelo de la cabeza.

—¿Una mujer sexy? Yo no soy sexy en absoluto.

—Sí lo eres —dijo Sebastian.

Había algo profundamente sensual en ella. Lo había notado desde el principio, desde el día que la entrevistó para el puesto. Se movía de una manera muy femenina y parecía estar cómoda consigo misma. Y eso la hacía muy atractiva.

—No estoy dispuesta a ser una aventura más, Sebastian.

—No te estoy pidiendo que lo seas.

—¿Entonces qué es lo que quieres? —le preguntó ella, mirándolo con cara de desconcierto.

Cuando se pasó la lengua por los labios, Sebastian supo lo que quería: la boca de Julia y su voluptuoso cuerpo apretado contra el suyo. Y, sin pensar, inclinó la cabeza para buscar sus labios en un beso que lo cambiaría todo.


Julia no había querido besarlo, pero cuando sus labios se encontraron no pudo hacer nada. Sebastian sabía a martini y a algo que era sólo él. Su boca le parecía perfecta, sencillamente.

Incluso esas manos masculinas que apretaban su cintura le parecían perfectas. Sebastian deslizó las manos por sus brazos para entrelazar sus dedos mientras la besaba, explorando su interior de su boca con la lengua, haciéndola olvidar todo salvo aquella terraza y aquel momento.

Julia soltó sus manos y lo abrazó, casi sujetándose a él, mientras Sebastian buscaba sus labios de nuevo.

Se sentía perversa besándolo allí, donde todo el mundo podía verlos. Nunca había hecho algo tan inapropiado, pero deseaba hacerlo. Con Sebastian, quería ser la mujer que nunca había tenido valor de ser.

Él tenía los ojos semicerrados y, a la luz de la luna, pensó que nunca había visto nada tan sexy en toda su vida.

Jamás se había sentido tan femenina como entre sus brazos. Nunca le había parecido tan intenso con otros amantes. El fuego que corría por sus venas la excitaba y la asustaba al mismo tiempo. Y, de repente, se dio cuenta de que no podía seguir.

Cuando se apartó de Sebastian tuvo que hacer un esfuerzo para recuperar el equilibrio.

—Ha sido interesante —dijo él.

—Ha sido un error. Yo trabajo para ti…

—No durante mucho tiempo.

—Seguiré trabajando para ti, aunque no sea directamente. No podemos hacer esto.

—¿Por qué no?

—Es demasiado… intenso para mí. Nuestra relación funciona porque yo hago mi trabajo y nada más. No quiero tener una aventura contigo.

–Me parece que, ahora que hemos empezado, no vamos a poder parar.

Julia vio un brillo de deseo en sus ojos. La deseaba, estaba segura. Y también ella lo deseaba, ¿pero cómo iba a seguir trabajando con él cuando sabía lo que sentía estando entre sus brazos?

Aquello era un error. Debería haberse marchado cuando le pidió que rompiera con su novia.

–No pienses tanto, Julia. Ya veremos qué pasa…

–¿Cómo vas a hacer eso?

–Los dos somos adultos y estoy seguro de que podremos lidiar con esto.

–No quiero que la gente me vea como tu última conquista.

No le importaba demasiado lo que pensaran los demás, pero lo que sentía en aquel momento era demasiado intenso como para compartirlo con nadie.

–Nadie tiene por qué saberlo, sólo es asunto nuestro y quiero que siga adelante de forma natural. Me gusta besarte y tenerte entre mis brazos.

–A mí también me gusta –admitió ella–. Pero hay algo que no me parece bien.

–¿Qué?

–Pertenecemos a mundos diferentes, Sebastian. El tuyo es un mundo de dinero, el mío no. No hay sitio para mí en tu círculo a menos que trabaje para ti y creo que tú no sabrías cómo poner a una mujer por delante de todo lo demás… por mucho que lo intentases.

Sebastian no dijo nada y Julia se preguntó si habría hablado demasiado. Pero, si era sincera consigo misma, la verdad era que le daba igual. Tenía que decir lo que pensaba y, si él le daba la espalda… en fin, tal vez sería lo mejor.

Había enviado suficientes joyas de Tiffany como para saber que Sebastian cambiaba de novia muy a menudo.

–Tú mereces ser lo primero, Julia. Todas las mujeres lo merecen –empezó a decir él–. No estoy en posición de prometer nada salvo que te deseo y que te haré una mujer muy feliz mientras estemos juntos.

¿Era eso suficiente para ella? ¿Podría dejarse llevar por sus deseos y lidiar con las consecuencias más tarde?

–No estoy segura…

–¿Por qué no quieres pasarlo bien? –le preguntó él, con esa sonrisa suya–. No vamos a seguir siendo jefe y secretaria durante mucho tiempo. Te vendría bien pasarlo bien, Julia. Trabajas demasiado.

Tenía razón. Además, ella siempre se había preguntado cómo sería tener una aventura de verano. Siempre había sido demasiado seria como para aceptar una oferta así y… bueno, en realidad jamás pensó que se la haría un hombre como Sebastian Hughes.

–Muy bien –dijo por fin–. Pero, por favor, recuerda quién soy. Yo no soy Cici, no soy una chica que quiere terminar en las páginas de sociedad.

–Yo sé qué clase de chica eres –Sebastian tiró de ella para abrazarla una vez más–. Y ésta es la clase de trato que hay que sellar con un beso.

Julia pensó que estaba lista para la intensidad del beso, pero no lo estaba. El calor de sus labios la abrumaba, despertando sensaciones y deseos que no conocía…

Sí, iba a ser un verano increíble.

\*\*\*

Sebastian quería llevarse a Julia a casa esa misma noche pero no sabía si ella estaba preparada, de modo que señaló alrededor.

–¿Te importa si nos quedamos aquí un rato más?

–No, claro que no.

Volvieron al interior del club y Sebastian la observó mientras charlaba con Scott Markim, un jugador de baloncesto, y su última novia. Se movía con gran facilidad para ser alguien que, según ella, no pertenecía a su círculo. Julia era la primera mujer que no reclamaba su atención constantemente. Ella sabía manejarse sola.

En realidad, en ese aspecto eran iguales.

Por supuesto que lo eran, qué tontería. Julia seguramente le daría una bofetada si supiera que había estado pensando algo así. Aunque aquél no era su mundo, ella se movía con toda comodidad. Durante los últimos dos años había aprendido todo lo que debía aprender para ser sencillamente una más en el círculo de la alta sociedad.

Tenían un disck jockey esa noche, pero al día siguiente, después del partido de inauguración, tendrían a la estrella del pop británico Steph Cordo actuando en directo. Steph era la respuesta británica a Kelly Clarkson, una cantante joven con una voz que podía darle emoción a cualquier letra. Y había sido una suerte conseguir que actuase para ellos. En su favor, que Steph era británica y le gustaba el polo.

Un minuto después vio a Vanessa charlando con Nicolás Valera y eso lo hizo fruncir el ceño. Su hermana había tenido una aventura con el jugador de polo que había terminado mal, con Vanessa haciendo locuras y dando que hablar a todas las revistas del corazón…

Y Sebastian no quería que se repitiera lo del año anterior. Se sentía parcialmente responsable de su comportamiento porque, debido a la enfermedad de su padre, había tenido que trabajar más horas y no había podido estar tan pendiente de ella como debía. Y, en consecuencia, Vanessa había sido presa fácil para un playboy como Nicolás. Los jugadores de polo eran tratados como estrellas del rock y tenían fans por todas partes, pero él no quería que la gente viera a Vanessa como una fan enloquecida... aunque siempre había sido una chica difícil. Seguramente porque era la pequeña, mimada por todos.

Cuando quedó claro que su madre no tenía el menor interés por sus hijos, Sebastian había hecho todo lo posible para que Vanessa no se sintiera sola. Sabía que un hermano nunca podría ocupar el sitio de una madre, pero al menos lo intentó.

–¿Lo estás pasando bien? –le preguntó, inclinándose para darle un beso en la mejilla.

–Sí, genial. Hay mucha gente divertida esta noche. Has conseguido la mezcla perfecta de invitados.

–Gracias –dijo él–. En realidad, todo se lo debemos a Julia. Ella sí sabe cómo organizar un evento.

–Es estupenda, desde luego. Y papá cree que ella es la responsable de que el campeonato de este año vaya a tener mayor cobertura.

–¿Ah, sí? ¿No cree que todo se debe a mi encanto personal?

–Tú eres el único que te considera encantador.

–Qué mala eres.

–Sí, malísima –su hermana soltó una carcajada–. ¿Qué sabes de Nicolás Valera, por cierto?

–Nessa, no me digas que estás con él otra vez...

Su hermana se puso pálida.

—No seas tan protector, Seb. Sólo quiero saber si está saliendo con alguien ahora mismo. Por curiosidad.

—Te hizo mucho daño el año pasado –le recordó Sebastian–. Aléjate de él. Tú sabes que no es hombre para ti.

—No necesito que me protejas, ya soy mayorcita.

—Eso lo decidiré yo.

—¡Eres imposible! –replicó Vanessa, enfadada.

Sebastian tomó un sorbo de refresco mientras veía a su hermana mezclarse con el resto de los invitados. No quería que Valera volviese a hacerle daño y si hablaba de él era porque seguía interesada…

Richard apareció entonces a su lado.

—¿Sigues dándole órdenes a tu hermana? –le preguntó.

—Siempre. Por cierto, iba a pasar por tu casa para tomar una copa dentro de un rato.

—Necesitaba un poco de aire fresco, así que he decidido pasar por aquí.

—¿Estás bien? –le preguntó Sebastian, llevándolo hacia la barra.

—Sí, estoy bien. No quiero pasarme el día entero pensando en lo que he hecho mal.

Sebastian lo entendía perfectamente. Tras la muerte de su madre había analizado su relación de arriba abajo, intentando averiguar qué podría haber hecho de otra forma. ¿Podría haber sido mejor hijo? ¿Habría cambiado eso la relación con su madre? Al final, había llegado a la conclusión de que no iba a llegar a conclusión alguna y lo que debía hacer era dejar de pensar en ello.

—¿Te has relajado un poco al menos? Para eso estás aquí al fin y al cabo.

—Esta mañana he ido a dar un paseo y he estado un rato en los establos.

—Hay muchas mujeres aquí que pueden ayudarte a olvidar tus problemas, Rich.

—No estoy listo para *muchas* mujeres —dijo él.

—Muy bien, pero no dejes que pase demasiado tiempo.

—Yo no soy como tú, Seb, no puedo ir de una chica a otra. A mí me gusta estar casado.

Eso, por lo que Sebastian había observado, era cierto. Una parte de él siempre había envidiado el matrimonio de Richard y el hecho de que tuviera a alguien esperándolo cada noche. Pero ver cuánto había sufrido su amigo… eso lo había convencido de que las relaciones esporádicas eran lo mejor para él.

Sin embargo, cuando levantó la cabeza y vio a Julia mirándolo se preguntó cómo iba a decirle adiós. La deseaba más de lo que había deseado a ninguna otra mujer, pero sabía que él no estaba hecho para el matrimonio.

No debería estar pensando en el adiós cuando su relación estaba en pañales, pero era importante recordar que sólo sería algo temporal. Él no quería terminar como Richard.

Aunque tampoco ella estaría interesada en nada más porque vivía centrada en su carrera. Aun así, la deseaba y no quería tener que preguntarse por qué.

# *Capítulo Cuatro*

Julia fue a trabajar al día siguiente esperando que las cosas hubieran cambiado, pero en la oficina Sebastian era el mismo de siempre. La había besado, la había convencido para que tuviesen una aventura y ahora, de repente, parecía haberse echado atrás.

Y ella no sabía qué hacer. Se sentía insegura y odiaba sentirse así.

Afortunadamente, tenía que ir a recibir a su amigo Geoff Devonshire, el hijo de Malcolm Devonshire, un multimillonario al que la gente trataba como si fuera de la realeza, así que la dejó en paz durante casi todo el día.

Julia pasó gran parte de la mañana mirando páginas de Internet para comprobar si mencionaban el club de polo y la hacienda Siete Robles. Era importante que hablasen de las personas de las que debían hablar y que mantuviesen en secreto la presencia de los que querían pasar desapercibidos.

Sebastian, y Christian antes que él, se habían enorgullecido siempre de darle a sus invitados exactamente lo que buscaban.

El teléfono sonó y Julia contestó sin molestarse en mirar la pantalla.

—Club de polo de Bridgehampton, oficina de Sebastian Hughes.

–Jules, cariño, ¿cómo va todo?

Ella levantó los ojos al cielo.

–Creí haberte dicho que no me llamo Jules, Sebastian.

–Ahora que nos hemos besado pensé que un apelativo cariñoso sería lo más correcto.

Julia tembló al recordar el beso. Y los ardientes sueños que había inspirado la noche anterior. Odiaba admitirlo, pero Jules empezaba a gustarle. Tal vez porque su voz se volvía más suave cuando la llamaba así.

–Muy bien. Puedes llamarme Jules cuando estemos solos.

Sebastian rió.

–Recuerdas que soy el jefe, ¿verdad?

–Sólo en horas de trabajo.

–¿Vas a darme órdenes? –le preguntó él, con un tono que la hizo sentir un cosquilleo en el estómago.

–¿Quieres que lo haga?

–Tal vez. Yo prefiero llevar el control, pero podemos hablarlo –contestó Sebastian, burlón.

–¿Sólo has llamado para hacérmelo pasar mal?

–No, en absoluto. La mujer de Geoff está a punto de llegar al helipuerto y nosotros estamos jugando al golf. ¿Te importa ir a buscarla?

–¿Qué te he dicho sobre recados de carácter personal? –le preguntó Julia, pero ya estaba apagando el ordenador.

–Lo creas o no, es un asunto del club. La mujer de Geoff es Amelia Munroe.

–¿La famosa heredera?

–La misma.

–Muy bien, iré a buscarla. ¿Viene de incógnito o debo alertar a los medios?

–Creo que, por el momento, seremos discretos. Cuando quieran salir en las revistas te lo diré.

–¿Quieres que la lleve a la casa de invitados?

–No, llévala a los establos. Geoff quiere ir a dar un paseo.

–¿Alguna cosa más, jefe?

–Sí.

Julia esperó bolígrafo en mano para tomar nota.

–Gracias por instalar ese monitor en la habitación de mi padre. Me ha llamado para decir lo estupenda que eres y me ha advertido que no debo dejarte escapar. ¿Has preparado otra videoconferencia?

–Sí, con Nicolás.

–¿Con Nicolás Valera?

–Tu padre no sabe nada de su aventura con Vanessa, no te preocupes.

Se alegraba de que Christian estuviera contento, pero sabía que, dijera lo que dijera su padre, Sebastian no intentaría retenerla. Ni profesional ni personalmente.

Y, de repente, le gustaría hacerle algunas preguntas. ¿Por qué cambiaba de novia tan a menudo? ¿Por qué no quería echar raíces como había hecho su padre? ¿Por qué era como era? Por supuesto, ésas eran las preguntas que harían que un hombre como él saliera corriendo.

–No me importa nada visitar a tu padre, ya lo sabes. Christian es divertido y encantador, ¿no te habías dado cuenta?

Sebastian soltó una carcajada.

–Sí, claro que me he dado cuenta. Y gracias por ir a buscar a Amelia. Geoff está haciendo negocios en el campo de golf y no quiere que se encuentre sola al llegar aquí.

–Muy bien, te mandaré un mensaje en cuanto llegue.

–¿Sabes una cosa? –le preguntó él entonces–. No he dejado de pensar en el beso de anoche.

–Yo también –le confesó Julia.

–Me alegro.

Después de colgar, ordenó un poco el despacho, que en realidad era un saloncito anexo a la oficina de Sebastian. Su escritorio estilo Luis XIV era fabuloso y le encantaban los ventanales, desde los que podía ver los corrales de la hacienda, donde los caballos trotaban tranquilamente.

Sí, podría acostumbrarse a aquella vida.

Cuando llegó al helipuerto descubrió que los paparazzi ya habían sido alertados, pero Amelia sonrió mientras se acercaba a ella, saludando alegremente a los reporteros.

–¿Tú eres Jules?

Julia asintió con la cabeza, pensando que iba a decirle un par de cosas a Sebastian en cuanto lo viera.

–Sí, soy yo. Y tú eres Amelia Munroe-Denvonshire, ¿verdad?

–La misma. ¿Geoff está trabajando?

–Está en el campo de golf con Sebastian.

–Yo conozco bien a mi marido. Si no está aquí, está haciendo negocios.

Julia sonrió. Parecía muy segura de su marido y casi la envidiaba. Ojalá ella pudiera estar tan segura de su relación con Sebastian. Sabía dónde se metía cuando aceptó tener una aventura con él, pero… ¿habría cometido un error?

–Creo que viniste a Bridgehampton hace dos años, ¿verdad? –le preguntó, mientras subían al coche.

Había mirado en Internet para averiguar todo lo que fuera posible sobre Amelia, como solía hacer antes de recibir a alguien.

–Sí, y lo pase muy bien. Christian Hughes es un encanto de hombre, pero no sabía que Geoff y Sebastian hubieran sido compañeros de colegio hasta que nos casamos.

Charlar con Amelia hizo que Julia olvidase lo insegura que estaba. Dijera lo que dijera Sebastian, ella sabía que el mundo de Amelia y Geoff Devonshire no era el suyo.

¿Se aburriría de ella Sebastian y buscaría otra mujer de su círculo?

Después de dejar a Amelia en el establo Julia vaciló un momento, pensando que tal vez debería ir con ellos. Pero seguía sintiéndose como la ayudante de Sebastian y no como su amante. Y tenía la impresión de que eso no iba a cambiar.

Sebastian observó a Julia mientras se alejaba, pensativo. Le habría gustado pedirle que se quedase, pero no sería fácil explicar por qué le pedía a su ayudante que fuera a cenar con ellos.

Además, Julia no parecía querer que nadie supiera nada sobre su relación. Y, dado su historial con las mujeres, era lo más lógico.

Pero la quería a su lado, quería mirarla, oírla reír, acariciar su piel. La echaba de menos mientras pasaba la tarde con sus amigos. Además, Geoff y Amelia estaban muy enamorados y él se sentía como una carabina, de modo que se despidió en cuanto le fue posible. Aunque los tortolitos no iban a echarlo de menos.

Después pasó por la casa de invitados donde se alojaba Richard, pero su amigo no estaba allí y no le apetecía volver a una casa vacía. Quería ver a Julia, no podía seguir negándoselo a sí mismo. Necesitaba besarla otra vez, sentir ese cuerpo fabuloso apretado contra el suyo. Y no quería esperar.

De modo que la llamó al móvil y ella contestó de inmediato.

—Hola, Sebby, ¿qué tal?

—Bien, Jules. Llamaba para ver si estás libre.

—No lo estoy.

—¿Tienes una cita? –le preguntó Sebastian. Estaba seguro de que no tenía tiempo para salir con nadie y la conocía lo suficiente como para saber que, si hubiera algún hombre en su vida, se lo habría dicho. Y, por supuesto, no lo habría besado la noche anterior.

¿Sólo habían pasado unas horas? Le parecía como si hubiera pasado una eternidad. Y necesitaba más besos, muchos más.

—Tengo una cita con mi reproductor de DVD. He grabado una película de misterio y estoy deseando verla.

—¿Prefieres ver la televisión antes que salir conmigo?

—Mira, por tu culpa soy una adicta al trabajo. Necesito una noche mirando la televisión para poder recuperarme.

—¿Y yo puedo ayudarte en esa recuperación?

Sebastian tomó el camino que llevaba a su casa mientras Julia le daba un montón de razones por las que no debería ir. Estaba terminando de hacerlo cuando detuvo el coche en la entrada.

—¿Estás en la puerta?

—Sí, señora. ¿Vas a dejarme pasar?

—¿Por qué no estás de fiesta con los Devonshire?

–la luz del porche se encendió y Julia salió un segundo después, con una copa en la mano.

–Porque son recién casados y era demasiado...

Sebastian cortó la comunicación sin terminar la frase, guardando el móvil en el bolsillo mientras salía del coche. Estaba guapísima, pensó. Y él estaba deseando besarla. No quería que ninguna mujer lo pusiera tan nervioso, pero así era y no podía negarlo.

–Supongo que crees que voy a dejarte entrar.

Los dos sabían que iba a hacerlo.

–Desde luego que sí. Y espero que tengas más de... eso que estás bebiendo.

–Tengo una caja entera. Es de las bodegas Grant.

–¿La familia de Sabrina?

–Sí, pero no te preocupes, también te ha enviado una caja a ti. Está en la oficina.

–Veo que te gusta el pinot noir –dijo Sebastian, aunque sabía por experiencia que era su vino favorito.

–Sí, me gusta.

Los dos se quedaron callados un momento.

–Si te dejo pasar, tienes que prometer no convertirme en un bache más en la autopista amorosa de Sebastian Hughes.

Iba descalza, con una camisola ajustada y un par de vaqueros. Tenía unos pies preciosos, pensó, con las uñas pintadas de rojo. Era una mujer pequeña, femenina... y Sebastian supo que no podía seguir adelante sin pensar en las consecuencias, como solía hacer, por mucho que la deseara.

Julia merecía algo más y, por una vez, quería dárselo. Pero no sabía si tenía algo que dar. ¿Podía prometer que no iba a romperle el corazón?

¿Quería hacerlo?

Sí, demonios, claro que quería hacerlo. Nunca había sentido algo así por otra mujer y Julia era la última persona a la que querría hacer daño.

–Dame una oportunidad –le dijo, su voz ronca de deseo.

–Muy bien.

Sebastian entró en la casa y miró alrededor. Aunque sólo llevaba allí unos meses, se había tomado la molestia de darle un toque personal y en el pasillo había una fotografía suya con dos personas mayores que debían de ser sus padres. Sebastian miró la fotografía, tomada el día que se graduó en la universidad, mientras Julia cerraba la puerta.

–No hablas nunca de tus padres. ¿No te gustaría que vinieran a visitarte?

–Ojalá pudieran, pero murieron hace cinco años.

–Ah, lo siento.

–Murieron poco después de que nos hicieran esa foto. Imagino que era hora de que me hiciese mayor.

–Pero eso no significa que estuvieras preparada para ello.

–No, no lo estaba –admitió Julia–. Espérame en el salón, voy a servirte una copa.

Sebastian se quedó mirando la fotografía y sintiéndose como un idiota por haber trabajado con ella durante dos años sin haberle preguntado nunca por su familia. ¿Qué clase de persona hacía eso?

Pero se juró a sí mismo que la compensaría por el tiempo perdido.

\*\*\*

Julia sacó una copa del armario, suspirando. Lo último que quería era estar con Sebastian cuando se encontraba tan melancólica. Se sentía rara, sola, como si estuviera en un sitio en el que no debía estar. Y Sebastian había tenido que aparecer justo en ese momento.

Estaba tan guapo como siempre, más de lo que debería. Esperaba que el deseo que sentía por él desapareciese en algún momento, recuperar el sentido común, recordar que era su jefe. Pero aquello era imparable.

—¿Estás bien? —la llamó él desde el salón.

—Sí —contestó Julia, colocando la copa, la botella y un cuenco de palomitas en una bandeja. Ella no tenía gustos sofisticados y se conformaba con tomar palomitas con el vino o algo de fruta. Pero estaba segura de que Sebastian preferiría otra cosa.

Cuando entró en el salón, él se había quitado la chaqueta y la corbata y estaba desembarazándose de los zapatos para poner los pies sobre la mesa de café. Y, por supuesto, había puesto un partido de baloncesto en la televisión.

—Oye, de eso nada. No vamos a ver deportes.

—Sólo quería ver cómo iban. No me atrevería a tocar tu DVD —Sebastian le hizo un guiño y ella sintió que le ardían las mejillas.

Era sexy como el demonio y lo sabía.

Julia tomó el mando del reproductor y pulsó el botón para ver el programa que había grabado.

Aunque ahora que Sebastian estaba allí dudaba que pudiera concentrarse en nada. No, seguramente se pondría a pensar que era una pena que no se hubiera desabrochado también la camisa… o incluso que podría hacerlo ella misma.

Era patética, se dijo. Se había convertido en una

mujer obsesionada sólo porque Sebastian la había besado. Un beso, eso había sido suficiente para que no se conociera a sí misma.

Aunque había sido un beso espectacular.

Casi se disculpó por no tener queso francés o paté de oca, pero se contuvo a tiempo. Si quería estar con una chica normal, tendría que acostumbrarse a ella, ¿no?

—Por las nuevas relaciones —brindó Sebastian.

—Salud —dijo ella, rozando su copa antes de tomar un sorbo de vino. Lo miraba a los ojos mientras bebía, como le había enseñado su padre cuando tuvo edad para beber alcohol.

Y se dio cuenta de que Sebastian hacía lo mismo. Pero tal vez sólo estaba coqueteando con ella. Y cuando la miraba de ese modo podía entender que las mujeres cayesen rendidas a sus pies...

Ella estaba haciéndolo en ese momento.

—Puede que no sea la mejor compañía esta noche.

—Yo tampoco, pero necesitaba verte.

Sus palabras la pillaron por sorpresa, emocionándola como no deberían. Pero intentó disimular.

—Me alegro.

—No piensas ceder ni un ápice, ¿eh?

—¿Qué quieres decir?

—No eres capaz de bajar la guardia —dijo Sebastian.

—Me temo que no. Me preocupa dejar que te aproveches de mí.

—No creo que tú seas la clase de persona que deja que otros se aprovechen de ella.

—Contigo es más difícil. Eres muy... persuasivo.

—Estoy acostumbrado a salirme con la mía.

—¿No me digas?

Sebastian tomó un puñado de palomitas.

–Esto me gusta.

–Lo siento, pero no tengo queso ni paté.

Él la miró entonces, desconcertado.

–No, quiero decir esto. Nosotros.

Julia se puso colorada.

–Ah, perdona.

Sebastian dejó escapar un suspiro.

–Siento mucho no haberte preguntado nunca por tus padres.

–¿Por qué ibas a hacerlo?

–Tú lo sabes todo sobre mi familia, incluso visitas a mi padre a diario, pero yo no te he preguntado nunca por tus padres. Es imperdonable.

Julia tomó un sorbo de vino.

–Eres un poco egocéntrico.

–Lo soy, ¿verdad? Es culpa de mi padre.

–¿Por qué es culpa de tu padre?

–Porque siempre me decía que yo era el centro del universo y yo me lo creí.

Eso la hizo reír. Sebastian podía ser alarmante-mente encantador cuando quería.

–¿Puedo convencerte para ver el partido de balon-cesto?

–No, lo siento. Es hora de que yo sea egocéntrica.

–Jules, cariño…

–No, por favor. Odio que me llames Jules.

–¿Por qué?

Julia tomó otro sorbo de vino.

–En el colegio algunos niños me llamaban Julio Verne porque me gustaba leer novelas de ciencia fic-ción. Supongo que eso les parecía muy divertido.

–Pero yo no te llamo Julio…

–Me llamas Jules, que es lo mismo.

–Lo siento –Sebastian la miró con expresión compungida–. Sólo era una broma.

–Lo sé y por eso nunca te había dicho nada hasta ahora.

–Hasta que te pedí que rompieras con Cici por mí… y explotaste.

–Debería haber explotado antes –dijo ella–. ¿Cómo se te ocurre pedirme algo así?

–Sí, tienes razón. Pero me alegro de haberlo hecho porque ahora tengo la oportunidad de conocer a la auténtica Julia Fitzgerald. Y no cambiaría eso por nada del mundo.

Había algo en Sebastian esa noche que parecía sincero y dulce, algo que no había visto antes. La combinación de encanto personal, sinceridad y atractivo era letal. Especialmente cuando le decía las cosas que siempre había querido escuchar.

No iba a poder escapar… y lo sabía.

# *Capítulo Cinco*

Sebastian disfrutaba estando con Julia mucho más de lo que hubiera disfrutado con sus amigos en el club de polo, lo cual era una sorpresa. Normalmente, la idea de pasar una noche viendo la televisión con una mujer lo haría inventar un mensaje urgente de la oficina, algo que no engañaría a Julia. Pero la cuestión era que no quería marcharse.

Le gustaba estar sentado a su lado escuchándola protestar por anuncios que, según ella, eran un insulto para la inteligencia de los espectadores. Y también le gustaba su risa, quizá porque en la oficina rara vez la oía reír.

En la película que estaban viendo había un divertido intercambio de pullas entre los dos protagonistas y Julia reía a carcajadas, una risa sensual que lo divertía y lo excitaba al mismo tiempo.

Cuando terminaron de ver la película casi habían terminado también la botella de vino y ella parecía relajada… y muy sexy. Pero enseguida apagó el televisor y buscó un canal de vídeos musicales.

—No puedo soportar el silencio —le dijo.

—¿Por qué no? —preguntó Sebastian, mientras se levantaban para llevar la bandeja a la cocina.

—Tuve que vivir en casa de mis padres durante seis meses después de que murieran. No tenía trabajo, ni dinero y la casa estaba tan silenciosa... ¿sabes lo que quiero decir? ¿Te pasó a ti cuando murió tu madre?

–No, no fue lo mismo para mí –respondió él–. Yo seguía teniendo a mi padre y supongo que me ocupaba intentando que no se sintiera solo.

–Tienes un padre estupendo.

Sebastian lo sabía muy bien, lo había oído durante toda su vida. Pero la verdad era que sólo cuando descubrieron que tenía cáncer se dio cuenta de que nunca le había prestado suficiente atención. Siempre había pensado que Christian Hughes viviría para siempre porque era una fuerza de la naturaleza. Verlo enfermo y saber que habían estado a punto de perderlo lo había asustado de verdad.

–Me alegro muchísimo de que se encuentre mejor. Yo lo veo muy recuperado.

–Yo también –dijo Julia–. Tu padre es un seductor, por cierto.

–¿Como yo?

–Tú sabes que puedes ser encantador cuando te lo propones.

Sebastian dejó su copa sobre la encimera y la tomó por la cintura, inclinando la cabeza para apoyar la barbilla en su hombro.

–¿De verdad?

–Yo no quiero que me gustes, pero no puedo evitarlo.

–Qué suerte tengo entonces.

–¿Sabes una cosa? Quería bailar contigo anoche –le confesó Julia.

–¿En el Star Room?

–Sí.

–¿Y por qué no me dijiste nada?

Ella se encogió de hombros.

—No lo sé. No me parecía el momento.

—Vamos a bailar ahora. Nadie puede vernos, sólo la luna —susurró él, tomando su mano.

—¿En serio?

—Sí —Sebastian la llevó al salón y abrió las puertas del patio, que daba al mar, antes de tomarla por la cintura.

—¿Sabes bailar country? —bromeó Julia.

—No, me temo que no —contesto él, riendo—. Además, el country no es muy romántico.

—¿Estás intentando ser romántico?

Sebastian la apretó contra su torso mientras Michael Bublé cantaba una balada romántica.

Aunque se preguntaba si estaba siendo irresponsable esa noche. ¿Aquella relación sería un error? Tal vez, sin quererlo, estaba haciendo promesas que no estaba seguro de poder cumplir, pero era incapaz de marcharse.

Quería tener lo que tenían Geoff y Amelia, tal vez por primera vez en su vida. Ahora entendía por qué Richard se había quedado tan desolado cuando su matrimonio se rompió. Su amigo había visto lo que podía ser la vida entre un hombre y una mujer para que después se lo arrebatasen bruscamente…

¿Habría elegido Richard a la mujer equivocada o todas las relaciones estaban destinadas a terminar tarde o temprano?

Percy Sledge estaba cantando *Cuando un hombre ama a una mujer* en ese momento. Julia cerró los ojos y empezó a mover las caderas al ritmo de la música, frotándose contra él. Sus pechos rozaban su torso y Sebastian tardó un segundo en darse cuenta de que no llevaba sujetador bajo la camisola. Excitado, puso las manos en sus caderas y la apretó un poco más contra sí.

Tocándola de ese modo podía creer que allí era donde debía estar. Daba igual que no estuviera pensando con la cabeza. Era como si todo en su vida lo hubiera llevado hasta aquella mujer y se sentía afortunado de estar con ella.

Julia le había dado más de lo que había esperado y él quería todo lo que pudiese darle, hasta la última gota. Necesitaba hacerla suya y nada iba a detenerlo.

Salvo tal vez la propia Julia. Pero cuando ella le echó los brazos al cuello y se puso de puntillas para besarlo supo que no iba a mandarlo a casa.

Era ese momento o nunca. Y Sebastian eligió «ese momento».

Julia nunca había tenido mucho tiempo para relaciones personales. Perder a sus padres la había asustado y su reacción inmediata fue pensar en su futuro económico antes que en cualquier otra cosa, creyendo que el resto de su vida se solucionaría por sí solo más adelante. Pero no había sido así.

Desde que empezó a trabajar en Clearwater Media se había olvidado de encontrar a una persona con la que compartir su vida, pero con los brazos de Sebastian alrededor de su cintura, se sentía como si por fin se permitiera a sí misma tener… ¿un amor?

¿Podría ser o estaría confundiendo el deseo con el amor? Eso podría suponer un serio peligro.

Todos esos pensamientos se esfumaron cuando él metió una mano bajo la camisola para acariciar su espalda. Tenía las manos grandes, cálidas, y el movimiento hacía que la tela de la camisola rozase sus pezones, endureciéndolos tanto como las caricias de Sebastian. Pero ella quería más.

No había tenido muchos amantes en su vida, dos chicos en la universidad: Tony, con quien había perdido la virginidad en el asiento trasero de un Mercedes antes de que la dejase por otra chica y luego Michael, con quien había salido durante el último año. Vivieron juntos durante un tiempo y había pensado... a saber qué había pensado entonces.

Julia se movió un poco, intentando acercarse más, pero le molestaba la ropa, de modo que alargó una mano para tirar de la camisa y acariciar su espalda. Y cuando tampoco eso fue suficiente empezó a pelearse con los botones, pero Sebastian se adelantó, quitándose la camisa de un tirón. Su torso era suave, casi sin vello, sólo un poco alrededor de los pezones y una fina línea que partía del esternón y desaparecía bajo el elástico de los pantalones. Antes de que se diera cuenta de lo que estaba haciendo, empezó a trazar esa línea con un dedo hasta llegar al ombligo... y enseguida notó la reacción a esas caricias porque era evidente. Estaba claro que le gustaba.

Sintiéndose atrevida, se inclinó un poco para pasar la lengua por su estómago, usando los dientes para tentarlo con mordisquitos. De inmediato notó que la presión de sus manos aumentaba y siguió acariciándolo por encima de la tela del pantalón.

Dejando escapar un gemido ronco, Sebastian desabrochó el cinturón y la cremallera del pantalón... y Julia metió la mano para acariciar su miembro, duro y erguido, mientras él levantaba la camisola para admirar sus pechos.

—Eres tan guapa.

La acarició suavemente, usando las yemas de los dedos, y después deslizó el pulgar por uno de sus pezones hasta hacer que se muriese de deseo.

Julia sentía el pulso latiendo entre sus piernas y notó que estaba húmeda. Lo deseaba. Lo deseaba en aquel momento. Desesperada, empezó a desabrochar el botón de sus vaqueros, deseando sentirlo entre las piernas.

Pero Sebastian la detuvo.

—Deja que lo haga yo —dijo con voz ronca.

Al sentir el roce de sus manos bajando la cremallera del pantalón se quedó sin aliento. Y cuando metió un dedo bajo la braguita para acariciarla tuvo que morderse los labios.

Consumida de deseo, se apretó contra su torso, gimiendo y jadeando como lo hacía él. Había pasado mucho tiempo desde que un hombre la tocó por última vez y, si no paraba de acariciarla, iba a explotar. Pero no quería terminar tan pronto. Quería que Sebastian estuviera con ella cuando se precipitase al vacío.

—Quiero que te dejes ir —murmuró él.

—No creo que pudiese parar aunque quisiera —dijo Julia, sin aliento.

Sebastian encontró el capullo escondido entre los rizos y, acariciándolo suavemente, la llevó tan cerca del precipicio que no podía aguantar más. Y cuando inclinó la cabeza para chupar uno de sus pezones, Julia explotó por fin. La explosión la sacudió de arriba abajo, dejándola sin aire, y de no haber estado agarrada a su cuello habría caído al suelo.

Sebastian la tomó en brazos para llevarla al sofá y la miró a los ojos durante unos segundos.

—Quítate el pantalón.

Julia tiró de sus vaqueros mientras Sebastian se ponía de rodillas y empezaba a acariciar sus caderas, sus muslos, subiendo luego para tocarla entre las piernas...

Después de acariciar el triángulo de rizos hasta dejarla jadeando, se llevó un dedo a la cara.

–Me encanta cómo hueles.

Ningún hombre la había amado como lo hacía él y Julia deseaba ser suya completamente.

–¿Llevas...? Yo no tomo la píldora.

–Y yo no llevo preservativos –dijo él.

Julia se mordió los labios.

–Yo he comprado una caja esta tarde.

–¿Ah, sí?

–Sí... bueno, pensé que tal vez la usaríamos pronto.

–Me resulta raro...

–Ya, ya lo sé, yo no soy así. Pero una vez que acordamos seguir adelante quería estar preparada.

Sebastian la besó suavemente en los labios.

–¿Dónde están?

–En el cuarto de baño.

Ahora que había dejado de tocarla Julia empezaba a sentirse expuesta, pero el brillo de deseo en sus ojos era innegable.

–Dime dónde está el dormitorio. Y luego deja que te haga el amor durante toda la noche.


Sebastian se alegraba de haber tenido que parar un momento. Por desesperado de deseo que estuviera, quería que aquella noche fuese perfecta.

–Desnúdate y métete en la cama. Vuelvo enseguida.

Cuando entró en el baño vio la caja de preservativos sobre la encimera. Julia se había preparado para aquel encuentro y eso lo excitaba aún más. Intentando controlarse, se desnudó del todo y volvió al dormitorio. Julia había apagado todas las luces salvo una lamparita en la mesilla que le daba a la habitación un ambiente íntimo.

Estaba en el centro de la cama, bajo las sábanas, su largo pelo extendido sobre la almohada. Era tan sexy, tan cautivadora que Sebastian se detuvo al pie de la cama para mirarla.

–¿Te importa apartar las sábanas para que pueda verte?

Y, como imaginaba, ella vaciló. Sabía que le estaba pidiendo demasiado en su primer encuentro. A pesar de que en la oficina era una mujer muy atrevida, Julia era tímida con su cuerpo, de modo que él mismo apartó la sábana.

Sus pechos eran generosos, con pezones grandes de un tono marrón rosado, enhiestos en ese momento. Él recordaba su suavidad de terciopelo…

Sus ojos viajaron hasta el triángulo de vello oscuro que ocultaba sus secretos. Tenía las piernas cerradas, como si temiera revelar demasiado, pero Sebastian las separó, inclinando la cabeza para besarla allí hasta notar que se estremecía. Después, se colocó sobre ella y bajó las caderas hasta que estuvieron rozándose.

Enseguida se apartó, murmurando una maldición.

–Se me ha olvidado el preservativo.

Julia rió mientras él lo sacaba de la caja y se lo ponía a toda prisa antes de colocarse sobre ella de nuevo, su torso rozando esos pezones aterciopelados.

Bajando las caderas, se movió hasta que la punta de su miembro estuvo frente a la húmeda entrada de su cueva y se inclinó para murmurarle al oído:

–Eres tan sexy.

–Tú me haces sentir sexy.

–Te deseo…

–Yo también, Sebastian.

Julia levantó las caderas para apresurarlo, pero él la hizo esperar hasta que empezó a frotarse frenéticamente contra él. Entonces entró un poco para que pudiera sentirlo, pero no tan profundamente como ella quería.

Julia gemía y le suplicaba y eso lo excitó más que nada en toda su vida. Lentamente, le dio lo que pedía, moviéndose cada vez más deprisa, pero controlando el ritmo porque quería que terminasen al mismo tiempo. Pronto, sin embargo, empezó a sentir un escalofrío en la espina dorsal y se sorprendió de lo rápido que iba a terminar.

Sujetando sus manos, levantó los brazos por encima de su cabeza mientras se hundía en ella una vez más, haciéndola gemir, y siguió empujando hasta que sintió que no podía más…

Murmuró su nombre mientras se vaciaba en ella antes de caer sobre su pecho.

Julia lo abrazó con fuerza, acariciando su pelo mientras los dos intentaban respirar con normalidad. Sebastian sabía que no podía quedarse dormido sobre ella, pero quería dormir en sus brazos, seguir experimentando aquella sensación de bienestar.

Apoyándose en un codo, la miró a los ojos y Julia sonrió.

–Quiero pasar la noche aquí. ¿Puedo?

Ella asintió con la cabeza.

–Yo también quiero que te quedes.

# Capítulo Seis

Julia pasaba los días trabajando sin parar y las noches en los brazos de Sebastian. El mes de junio se iba volando y aún no sabía qué iba a depararle el futuro pero, por primera vez desde la muerte de sus padres, no le importaba. Por primera vez, no planeaba cuidadosamente cada paso. En lugar de eso, sencillamente estaba viviendo una aventura con el hombre que le había robado el corazón.

Por supuesto, se encargaba de que el campeonato de polo fuese como la seda y visitaba a Christian, cuya salud mejoraba cada día. Sospechaba que pronto le darían el alta en la clínica y lo imaginaba al lado de Sebastian en el palco de propietarios al final de la temporada.

Aquella noche no había ningún evento, de modo que no tenía que hacer nada, afortunadamente. No había visto a Sebastian en todo el día, pero él le había dejado un mensaje diciendo que se encontrarían en la playa, detrás de la casa. Y su corazón se aceleraba al pensar en ello.

Julia se puso un vestido de verano y bajó a la playa cuando el sol empezaba a ponerse. Sebastian no estaba por ningún lado, pero había dos tumbonas y una nevera frente al mar. Y, delante de ellas, alguien había dejado una hoguera encendida.

Sobre la nevera había una nota en la que Sebastian le decía que volvería enseguida.

Julia se dejó caer sobre una de las tumbonas y cerró los ojos, disfrutando de la brisa del mar. Lo único que quería era encontrar la manera de que aquella relación durase. Porque era una relación, no una aventura.

Pasaban juntos la mayoría de las noches y desayunaban juntos casi cada día. Cuando estaban en la oficina, Sebastian a veces cerraba la puerta para tomarla entre sus brazos, sencillamente porque tenía que besarla... o eso le decía.

Julia no sabía dónde iba aquella relación y, a pesar de que él le repetía constantemente que estaba loco por ella, se sentía inquieta. Necesitaba un plan. Tenía que saber cuál iba a ser el siguiente paso para poder creer que no iba a terminar con el corazón roto.

Sebastian había preparado una entrevista con el jefe de relaciones públicas de Clearwater, John Martin, y le parecía muy halagador que la hubiese recomendado. Además, era emocionante porque en el momento en el que aceptara el puesto le diría adiós a Sebastian, el jefe, para concentrarse en Sebastian, el hombre.

—Hola, Julia.

Ella lo vio acercarse por la playa con una cesta en la mano. Iba descalzo, con unos vaqueros gastados y un jersey de verano.

—¿Puedo ayudar en algo?

—Puedes contarme cosas, yo tengo la cena controlada. ¿Quieres beber algo?

—Sí, por favor.

Sebastian abrió la nevera y le sirvió un vaso de pinot grigio antes de servirse uno para él.

–Por las cenas en la playa.

–Por las cenas en la playa –Julia sonrió mientras brindaba con él.

–¿Qué pasó en la oficina cuando me marché?

–No mucho. El productor de Broadway canceló su patrocinio para el evento de la semana que viene, pero he encontrado otro patrocinador.

–Estupendo.

–Te he enviado los detalles por correo electrónico.

Sebastian asintió con la cabeza.

–¿John te ha hecho ya una oferta?

–Sí –asintió ella.

–¿Y piensas aceptar?

Julia no estaba segura, pero no podía decírselo. Sebastian había cumplido su parte del trato consiguiéndole una entrevista para un puesto en el que sería su propia jefa, con sus propias iniciativas. Pero ahora no estaba segura de quererlo.

–Aún no lo he decidido. Pero, en cualquier caso, ya no es problema tuyo.

–¿Cómo que no? –Sebastian le ofreció un plato de salmón al grill, patatas nuevas salteadas con eneldo y espárragos.

Julia se quedó impresionada, pero estaba un poco nerviosa y apenas podía probar bocado. No deseaba mantener aquella conversación. Quería que Sebastian siguiera siendo el jefe tirano que había sido siempre y no el hombre cariñoso al que estaba empezando a conocer. De ese modo, aceptar el puesto sería más fácil y marcharse más sencillo.

Porque en las últimas semanas había empezado a

enamorarse de él… muy bien, se había enamorado del todo y seguramente era lo más absurdo que podría haber hecho nunca. Ella no era la clase de persona que se enamoraba fácilmente, pero con Sebastian no había podido evitarlo.

–Si ese puesto no es lo que tenías en mente, no lo aceptes. No tienes prisa por marcharte, ¿verdad?

–No, bueno…

–Puedo conseguirte más entrevistas.

Eso hizo que lo quisiera aún más. No estaba usando su dinero y sus contactos para librarse de una obligación contraída con ella, quería que consiguiera exactamente lo que estaba buscando. Y eso significaba mucho para Julia.

–Me estás ayudando y no puedo pedir nada más.

Sebastian la miró con una sonrisa que la dejó sin aliento.

–Ojalá lo hicieras.


A Sebastian le encantaba el aspecto de Julia esa noche. Iba vestida de manera sencilla, pero estaba guapísima a la luz de la hoguera. Compartir las noches con ella era algo a lo que se había acostumbrado y no quería que terminase.

Estaba empezando a depender de ella personal además de profesionalmente y eso debería preocuparlo, pero no era así. No había una sola relación en su vida que no supiera controlar y no veía por qué aquélla iba a ser diferente.

Al notar que estaba temblando, sacó de la cesta un chal de cachemir que había comprado para ella esa mañana.

–Ven aquí.

Cuando se lo pasó sobre los hombros Julia sonrió.

–Muchas gracias, es muy bonito.

–Me alegro de que te guste porque es para ti.

–¿Lo has comprado para mí?

–Sí.

–¿Y lo has elegido tú, sin ayuda?

–Tengo mis métodos, aunque no puedo revelarlos.

Julia rió.

–¿Quién te ha dado la idea?

–Mi padre –le confesó él, suspirando–. Me dijo que te hacía trabajar demasiado y que necesitabas una noche libre y un regalo. Ah, y quería que te diese las gracias otra vez por las videoconferencias.

–No tiene que darme las gracias. Lo he hecho encantada.

Gracias a Julia, su padre podía ver los partidos de polo vía satélite y no se había perdido ni uno. Julia era una de las personas más consideradas que había conocido nunca.

–¿Te puedes creer lo bien que ha jugado Nicolás hoy? Yo creo que es el mejor del mundo.

–Sí, es verdad. Es una dinamo en el campo –asintió Sebastian. Y fuera de él tampoco dejaba de moverse. Nicolás era muy popular en la carpa de los famosos y cada día iban más mujeres a los partidos para conocer a su ídolo.

–Pero me preocupa Vanessa –siguió–. La otra noche estaba preguntando por él y Nicolás ya le ha roto el corazón una vez.

–Tu hermana es una chica lista, no dejará que vuelva a hacerle daño.

–¿Tú crees?

–Sí –respondió Julia, aunque no estaba tan segura como quería dar a entender. Ella se estaba enamorando de Sebastian y aunque sabía que no era muy inteligente hacerlo allí estaba, teniendo una cena romántica con él.

Terminaron de cenar y, después de guardar los platos en la cesta y atizar el fuego de la hoguera, Sebastian se sentó a su lado.

–¿Por qué has organizado esta cena? –le preguntó Julia.

–Para darte las gracias.

–No he hecho nada que no haga todos los días y tú nunca me habías invitado a cenar.

A Sebastian le encantaba que no le pasara una. En general, las chicas dejaban que se saliera siempre con la suya, pero Julia no era así.

–Creo que no te he dado la importancia que tienes y estoy intentando compensarte. La verdad es que significas mucho para mí, más de lo que yo hubiera esperado.

Julia inclinó a un lado la cabeza para mirarlo a la luz de la hoguera.

–Tú también para mí.

–¿De verdad?

–Yo no quería enamorarme de ti, Sebastian. He visto cómo terminaban todas tus relaciones, pero esta vez creo que es diferente. Supongo que porque creo que yo soy diferente.

–Y lo eres –dijo él.

Le importaba la gente que estaba a su alrededor y, por eso, Sebastian empezaba a ver el mundo a través de los ojos de Julia. Y sus prioridades estaban cambiando. Por primera vez, se limitaba a vivir, sin preocuparse de conquistar nuevos mercados, de lograr un nuevo proyecto.

–Me alegro de que pienses así. Creo que ésa es en parte la razón por la que no sé si voy a aceptar la oferta de John.

–¿Por qué no?

–Estaba pensando que podría quedarme contigo, pero en un papel más decisivo, teniendo iniciativas en lugar de ser tu chica para todo. La verdad es que formamos un buen equipo.

–Sí, es cierto –asintió él, pensativo.

Pero no sabía si seguir trabajando juntos sería buena idea ahora que tenían una relación. Julia lo distraía demasiado. Cuando estaban en la oficina, lo único que quería era tomarla entre sus brazos y hacerle el amor… y eso no sería apropiado cuando volvieran a Manhattan.

Por otro lado, le había dado su palabra de que buscaría el mejor puesto posible para ella, pero verla cada día se había convertido en algo tan importante que no quería dejarla escapar.

No podía dejarla escapar.

Maldita fuera. ¿Cuándo había bajado la guardia?

–¿Sebastian?

–¿Sí?

–¿Qué te parece la idea?

Él no sabía qué decir. Podía convencer a cualquiera de cualquier cosa, pero no a Julia. Julia era diferente y estar con ella había cambiado su vida.

Y eso lo asustaba.

Sebastian Hughes, que nunca dejaba que nada lo asustase, de repente tenía miedo de perder a aquella mujer.

–Vamos a dar un paseo. Quiero enseñarte una cosa –le dijo, levantándose y ofreciéndole su mano. Pero Julia lo miró, inmóvil.

–Imagino que ésa es la respuesta.

–Aún no tengo una respuesta, Julia. No sé cómo decirlo, pero… tú eres importante para mí y no sé si trabajar juntos es lo que necesitamos en este momento.

–¿Pero lo tendrás en cuenta al menos?

Él asintió con la cabeza.

–No quiero perderte.

Julia lo abrazó.

–A mí me pasa lo mismo. Creo que me estoy enamorando de ti.

Sebastian no dijo nada porque no sabía qué decir. Sólo sabía que tenerla entre sus brazos lo hacía sentir como si todo estuviera en su sitio. Pero, no sabía por qué, era incapaz de decírselo.

Al día siguiente, Julia se arregló con sumo cuidado para ir a trabajar. Tenía que atender a un montón de VIP esa mañana y debía presentarse con su mejor aspecto.

Sebastian se había marchado cuando despertó, pero había una nota sobre la mesa diciendo que cenarían juntos esa noche.

Julia pensaba que la noche anterior había cambiado la dinámica de su relación y sentía que podría haber una oportunidad de que aquello durase más de un verano, pero debía esperar a que Sebastian le dijera lo que pensaba.

Cuando iba a la oficina vio a los caballos en el corral y se dio cuenta de cómo le gustaba aquel sitio y la vida allí. No quería arriesgarse a perder nada de eso. De hecho, querría alargarlo todo lo posible.

Y las noches que pasaba entre los brazos de Sebastian eran parte del encanto. Sólo cuando se dio cuenta de que iba a perder todo aquello supo que quería quedarse.

Echaría de menos hablar con Christian todos los días y escuchar sus historias sobre cómo creó el club de polo. Echaría de menos charlar con las celebridades, con los jugadores de polo, asegurarse de que todos los invitados lo pasaban bien...

Se detuvo entonces y miró alrededor, pensando que, si Sebastian no estaba de acuerdo, nunca más volvería allí. Pero no le gustaba nada la idea de trabajar en Clearwater y no ver a Sebastian a diario, especialmente si su aventura terminaba mal. Lo echaría tanto de menos que no podría soportarlo.

Se llevaba bien con los famosos, una tarea no siempre fácil, y lo sabía todo sobre la maquinaria de los medios de comunicación. Sobre todo, le gustaba ese trabajo.

Suspirando, Julia entró en la oficina y se dispuso a repasar el correo, la agenda y los menús para los eventos del día.

La bodega Grant patrocinaría un cóctel antes del partido al que, por supuesto, acudiría el jeque Adham. A pesar de estar recién casado, las mujeres lo rodeaban a todas horas... Julia no envidiaba a su esposa. Ella, desde luego, se moriría de celos.

Aunque, según los rumores, el jeque estaba muy enamorado de su mujer y eso la hacía sentir cierta envidia. Ella querría que Sebastian la amase...

Un momento, pensó entonces. ¿De verdad era eso lo que quería?

Julia se dejó caer sobre el sillón. Por supuesto que sí. Se había enamorado de su jefe… que pronto sería su ex jefe. Al decir que se iba había bajado la guardia y su relación había cambiado por completo. Él había cambiado. Y ella también.

Julia se mordió los labios. Las cosas sólo habían cambiado cuando dijo que se iba. ¿Por qué?

Entonces sonó el teléfono. Era Sebastian. Iba a contestar, pero no lo hizo. Necesitaba un momento para pensar.

No quería terminar como todas las ex novias de Sebastian, sola, con una joya de Tiffany.

Incluso imaginó que su nueva ayudante la llamaba al móvil para darle la noticia…

Había visto muchas veces cómo Sebastian se apartaba de una mujer cuando ya no estaba interesado. ¿Por qué había pensado que con ella sería diferente? ¿Lo habría asustado pidiéndole un cambio en su relación profesional?

Ella era una chica normal, no una mujer acostumbrada a manipular a hombres como Sebastian Hughes. Pero tal vez había sido demasiado directa.

Tenía miedo de enamorarse porque eso era lo que se había prometido a sí misma que no haría. Pero había ocurrido y ahora no sabía qué hacer.

El teléfono volvió a sonar y, en esta ocasión, Julia contestó.

–¿Sí?

–¿Estás bien? He llamado hace un minuto, pero ha saltado el buzón de voz.

–Sí, estoy bien. ¿Qué querías?

–Necesito que vayas a los establos a ver si encuentras a Richard. Últimamente pasa mucho tiempo allí.

Tengo que hablar con él ahora mismo sobre el contrato de Henderson.

–Muy bien, ahora mismo.

–Estaré en la oficina dentro de una hora. Ahora mismo estoy en la clínica y luego tengo que pasar por el helipuerto para recoger al senador. Eso es lo que tengo en la agenda, ¿verdad?

–Exactamente. ¿Le digo a Richard que te llame al móvil?

–Sí, por favor.

–Muy bien.

–Gracias, Julia. Y no olvides la cena de esta noche, tenemos que hablar.

–No se me ha olvidado –dijo ella, con el estómago encogido.

Después de colgar se quedó inmóvil, mirando el escritorio. La conversación era una más, habían tenido miles como aquélla... hasta el final. Ocurría algo, seguro. ¿Qué tenía que decirle?

Julia sacudió la cabeza. Se estaba convirtiendo en una obsesa y lo odiaba. Daba igual lo que Sebastian tuviera que decirle, no pasaba nada.

De modo que salió de la oficina y tomó un carrito de golf. Era más fácil moverse por Siete Robles de esa manera y, mientras conducía, llamó a Richard al móvil pero saltó el buzón de voz y sólo pudo dejarle un mensaje.

Una vez en los establos miró alrededor, pero Richard no parecía estar allí. Suspirando, Julia se acercó a uno de los cajones para mirar a uno de los caballos del jeque que parecía muy interesado en ella. Era un animal negro, brillante, un ejemplar que debía valer millones. Pero, como le pasaba a aquel animal de brillantes ojos negros, la fuerza, el poder, no iban siempre unidos al dinero. Sebastian los tendría aunque no fuese un hombre rico, pensó.

Julia iba a acariciarlo, pero se contuvo al escuchar un ruido de cascos tras ella. Y cuando se dio la vuelta encontró a Catherine, que volvía al establo tirando de las riendas de un caballo.

–Hola, Julia. ¿Qué tal?

–Bien, estoy buscando a Richard. ¿Lo has visto esta mañana?

Ella negó con la cabeza.

–No. ¿Por qué?

–Pensé que pasaba mucho tiempo en el establo. Si pasara por aquí, ¿te importaría decirle que Sebastian quiere hablar con él?

–Se lo diré, no te preocupes –asintió Catherine.

Julia se marchó del establo, pensativa. Aquél debería ser uno de los días más felices de su vida ya que acababa de descubrir que estaba enamorada. Pero en lugar de sentirse feliz, se sentía más angustiada, más vulnerable que nunca.

No quería perder todo aquello por lo que tanto había trabajado, pero perder a Sebastian sería mucho peor. Necesitaba a Sebastian Hughes y él no era un hombre con el que se pudiera contar.

# Capítulo Siete

Sebastian llevaba todo el día evitando ir a la oficina. La noche anterior, en la playa, había sentido miedo por primera vez en su vida y sabía que eso sólo significaba una cosa: no podía seguir viendo a Julia.

Se estaba convirtiendo en su talón de Aquiles y él ponía mucho cuidado para no tener debilidades. La idea de estar con ella, personal y profesionalmente, era demasiado peligrosa.

De modo que habló con el chef para que preparase una cena íntima en su casa y encargó una joya en Tiffany. Se sentía como un canalla mientras hacía planes para esa noche, pero sabía que era la única manera de sobrevivir.

Él nunca había tenido una relación larga con nadie y, si no le daba un ascenso, Julia se marcharía de todas formas. Tendría que hacerlo.

¿Cómo iba a quedarse con un hombre que no la respetaba lo suficiente como para ver lo valiosa que era?

Sebastian sacudió la cabeza, enfadado consigo mismo. Era el orgullo lo que lo motivaba y lo sabía. ¿Cuándo no había sido así? Él era orgulloso, por eso era capaz de llevar el club de polo y dirigir su propia empresa al mismo tiempo.

Necesitaba hablar con alguien, pero Richard estaba lidiando con sus propios problemas y Geoff había vuelto a Londres. Estaba solo y tenía que lidiar con aquel asunto de la única manera que sabía.

Las últimas semanas habían sido más turbadoras de lo que habría esperado. Le encantaba hacer el amor con Julia, pero también disfrutaba de los momentos tranquilos viendo la televisión con ella o cuando la miraba durante un partido de polo y veía que le estaba sonriendo.

Si fuese otro hombre, tal vez podría encontrar la manera de que aquello funcionase, pero él era como era.

Cuando oyó que se abría la puerta se volvió para saludar a Marc Ambrose.

—¿A qué hora quiere que sirva la cena, señor Hughes?

—Los aperitivos cuando llegue Julia y… le haré una señal al camarero cuando estemos listos para cenar.

Marc asintió con la cabeza antes de volver a la cocina y Sebastian paseó, nervioso, por el comedor, mirando la caja. Era el mismo regalo que le hacía a todas las mujeres con las que rompía después de una breve relación, pero no sabía si podría hacerlo. No sabía si iba a poder tratar a Julia como había tratado a las demás mujeres, aunque intentaba convencerse a sí mismo de que era capaz.

Entonces se detuvo, mirando un retrato de su padre pintado por un famoso artista americano el año que fundó el club de polo. El mismo año que conoció a su madre.

Christian tenía una mata de pelo entonces y un rostro todavía juvenil. Pero le resultaba difícil imaginar a su padre de joven porque siempre le había parecido un hombre mayor, sabio.

Se había casado con Lynette por los contactos de su

familia y no había sido un matrimonio por amor. Sebastian y Vanessa lo habían vivido de primera mano.

Pero él no quería repetir los errores de su padre. No quería pasar el resto de su vida casado con una mujer de la que no estaba enamorado y tampoco quería dejar que el amor se le escapara de las manos.

¿Se estaba apresurando al romper con Julia?, se preguntó.

Entonces oyó que se abría la puerta. Era el camarero, que había entrado para colocar una bandeja de aperitivos sobre la mesa, y Sebastian tragó saliva.

Julia sólo era una mujer, intentaba decirse a sí mismo. Era como cualquier otra de las mujeres con las que había salido y esa noche rompería con ella de una vez por todas. Tal vez encontraría a otra mujer o tal vez no, pero no podía seguir con Julia. No podía estar con ella hasta que encontrase la manera de controlar las emociones que despertaba en él.

La puerta se abrió de nuevo y Sebastian se volvió.

Allí estaba. Julia.

Llevaba el pelo suelto y un precioso vestido de cóctel gris perla que destacaba la palidez de su piel. Y se había puesto brillo en los labios. Por un momento, mirándola, Sebastian no pudo respirar.

Pero entonces, sin pensar, dio un paso adelante y la tomó entre sus brazos, enredando los dedos en su pelo mientras la besaba.

Pensar que no podría volver a hacer eso hizo que le temblasen las manos y se apartó un poco para mirarla a lo ojos.

—¿Estás bien? —le preguntó Julia.

—Ahora estoy bien.

Sebastian supo entonces que no podía romper con ella. No podía dejar que se marchase, le hiciera sentir lo que le hiciera sentir. Tenía miedo de admitir que fuese amor, pero...

–Ven, vamos a sentarnos. Tengo muchas cosas que decirte.

Julia se detuvo de golpe al ver la cajita de Tiffany sobre su plato.

–¿En serio, Sebastian? No me lo puedo creer.


Julia sólo podía sacudir la cabeza, incrédula. Estaba furiosa... y desolada al mismo tiempo. Pero era la furia a lo que quería agarrarse en aquel momento. Acababa de besarla como si fuera su alma gemela y, de repente, aquello.

–No me lo puedo creer.

–No es lo que piensas. Por favor, siéntate. Tenemos que hablar...

–¿Hablar? Yo no quiero hablar. Pensé que habías cambiado, Sebastian. Pero esto es... bueno, esto me demuestra que sigues siendo el mismo de siempre. El hombre que quería que su ayudante rompiese con una mujer para no pasar un mal trago.

–Esto no tiene nada que ver con Cici –dijo Sebastian–. Tú no sabes lo que siento ahora mismo, Julia.

–Tienes razón, no lo sé –murmuró ella, parpadeando para contener las lágrimas–. Yo pensé que estaba conociendo al auténtico Sebastian...

–Y así es –le aseguró él. Pero cuando alargó la mano para tocarla, Julia se apartó.

–Por favor, no me toques.

–No es lo que tú crees.

–Déjalo, no sigas. Yo sé lo que significa esa caja y creo que merezco algo mejor.

Sebastian se pasó una mano por el cuello.

–Yo también quiero algo mejor para ti.

Julia había creído que le importaba un poco al menos. ¿Qué había pasado? ¿Estaba haciendo aquello porque quería trabajar con él pero de igual a igual?

–No lo entiendo. ¿Te da miedo no ser capaz de contenerte si trabajamos juntos?

–¿Crees que podríamos seguir así?

–Pues claro que sí. Me importas, Sebastian, y quiero quedarme contigo. No quiero dejarte.

–No creo que pudiéramos seguir trabajando juntos.

Esas palabras confirmaban lo que Julia ya sabía: Sebastian quería librarse de ella. Pero no iba a aceptar el puesto con John Martin. No, tal vez volvería a Texas donde podría vivir una vida tranquila, alejada de los medios de comunicación y los famosos del club de polo de Bridgehampton.

–No es que no te quiera en la oficina conmigo –empezó a decir él–, pero ya no puedo mirarte de la misma forma. Eres una distracción, Julia. Cuando te veo en la oficina lo único que quiero es tomarte entre mis brazos… y eso no es lo que queremos.

«Habla por ti mismo», pensó ella. Julia quería abrazarlo cada vez que lo veía. Le gustaba trabajar con él y luego verlo por las noches, a solas.

Compartir cada segundo del día era exactamente lo que quería, pero eso no iba a pasar.

–Creo que estás asustado.

–Sí, lo estoy –admitió él–. Ninguna mujer me ha afectado como tú y no quiero cometer un error que lamente durante el resto de mi vida.

–¿Pero por qué…?

–Una vez me preguntaste por mi madre y yo evité responder porque… en fin, mis padres no se casaron por amor, Julia. Y no fueron felices.

–Siento mucho que tus padres cometiesen un error, pero eso no tendría que pasarnos a nosotros.

–Lo sé, lo sé, pero me prometí a mí mismo ser una persona libre, sin ataduras. No quiero estar atrapado ni atrapar a nadie, Julia. Y hasta que te conocí todo iba como yo esperaba.

–¿Y ahora?

–No lo sé –suspiró él–. La verdad es que estoy asustado. No sé si debo conservarte a mi lado o dejarte ir… te había traído aquí esta noche para romper contigo, pero no puedo soportar la idea de decirte adiós.

Julia lo miró, temiendo creerlo. Pero sabía que Sebastian no le mentiría…

–¿Qué estás intentando decir?

Él tomó su mano entonces.

–Te quiero, Julia Fitzgerald.

Ella iba a decir algo, a confesarle que también lo amaba, pero Sebastian puso un dedo sobre sus labios.

–Déjame terminar. Amarte es la experiencia más aterradora de mi vida y no sé qué hacer o qué decisión tomar.

–Yo creo que deberíamos tomar las decisiones juntos.

–¿Por qué?

–Porque yo también te quiero. No sabía cómo decírtelo, no sabía cómo decirte que no puedo vivir sin ti.

Sebastian la apretó contra su corazón, susurrándole palabras cariñosas al oído, y Julia le echó los brazos al cuello. Temía creer lo que le estaba diciendo, temía que aquello fuera un sueño… pero a la mañana siguiente, cuando despertó entre sus brazos, empezó a creer que era verdad.

Y más tarde, después de ir a la joyería de Bridgehampton para comprar un anillo de compromiso, supo que era real no sólo para ella sino para Sebastian.

–Vamos a contárselo a mi padre.

–¿En serio? Cuando se lo contemos, él se lo contará a todo el mundo.

–Estoy listo para que lo sepa el mundo entero –dijo Sebastian, buscando sus labios.

Christian estaba viendo el vídeo del partido cuando entraron en su habitación. Sebastian llevaba a Julia por la cintura y ella no podía dejar de sonreír.

El padre de Sebastian arqueó una ceja.

–Veo que mi hijo te hace feliz.

–Así es –asintió Julia.

–Y la haré aún más feliz cuando se convierta en mi mujer. Vamos a casarnos, papá.

–Pues ya era hora –dijo Christian Hughes, con una sonrisa en los labios.

# AVENTURA DE UN MES

**Yvonne Lindsay**

# *Capítulo Uno*

Sebastian tenía razón, necesitaba a una mujer.

Richard Wells se dio la vuelta en la cama, intentando encontrar una postura que no le recordase su doloroso estatus de hombre soltero. Qué curioso que eso no hubiera sido un problema durante el año que había durado el proceso de divorcio. Ahora que su corazón y su mente eran libres, el resto de su cuerpo parecía haber decidido volver a la vida.

Oyó entonces el canto de un pájaro, el sonido tan diferente al ruido del tráfico y las sirenas que solían despertarlo en casa recordándole dónde estaba y que se había tomado unas vacaciones por primera vez en mucho tiempo.

Se quedó en la cama un momento, disfrutando de las sábanas de algodón egipcio de la casa de invitados en Bridgehampton. Sí, le gustaba aquella sensación de libertad porque no la había experimentado en mucho tiempo.

Pero Richard apartó las sábanas de un tirón. Aunque estuviera de vacaciones no quería quedarse en la cama ni un segundo más. Siempre se levantaba muy temprano, en todos los sentidos, y sería un sacrilegio perder un segundo de aquella preciosa mañana de primavera. Seb llevaba meses diciéndole que debía tomarse unas vacaciones y los partidos de polo, la gente guapa buscando pasar un buen rato y los caballos eran atracción más que suficiente para animarlo.

Divorciarse de Daniela había sido lo más difícil que había hecho en toda su vida y aún le dolía haberse dejado engañar por una cara bonita y un cuerpo más bonito todavía. ¿Cómo podía no haberse dado cuenta de que todo era una fachada y que Daniela era una criatura avariciosa?

En fin, al menos se había librado de ella por fin y era el momento de volver a empezar. Pero volver a empezar con relaciones esporádicas, de ninguna forma iba a embarcarse en algo permanente otra vez.

Richard entró en el baño y abrió el grifo de la ducha, dejando que el agua lo refrescase. Había salido de la oficina tan tarde el día anterior que estuvo a punto de no ir a Siete Robles. Pero en cuanto llegó a la autopista supo que había hecho lo que debía.

Ahora que había ido por fin, estaba deseando ir a los establos para ver a los caballos. Hacía mucho tiempo que no disfrutaba de las cosas que le gustaban y montar a caballo era una de ellas. Seb le había dicho el día anterior que los caballos del jeque Adham Aal Ferjani eran excepcionales y seguramente era un buen momento para ir a verlos. De modo que, después de secarse, se puso unos vaqueros, una camisa y unos cómodos mocasines de ante.

El sol empezaba a asomar por el horizonte cuando salía de la casa. Estaba tan cansado la noche anterior y era tan tarde que no había podido apreciar la hacienda, pero ahora podía admirar la belleza de los alrededores. Y experimentaba una sensación de energía que había faltado en su vida durante demasiado tiempo.

La hacienda Siete Robles tenía varios edificios para invitados y empleados, un campo de golf y un campo de polo que era uno de los mejores del mundo, de modo que prometía ser un lugar divertido durante el próximo mes. Y el torneo Clearwater, patrocinado por la empresa que dirigían Seb y él, empezaría ese mismo fin de semana.

Varios caballos levantaron la cabeza cuando pasó frente a los corrales, uno de ellos piafando suavemente. Richard sonrió, contento. Sí, hacía mucho tiempo que no se olvidaba del trabajo para disfrutar de la vida.

Apoyando un brazo sobre la cerca, se quedó un momento mirando a los animales y, poco a poco, la tensión que se había ido acumulando durante los últimos meses debido a la presión del trabajo y el proceso de divorcio, empezó a abandonarlo.

Seb tenía razón sobre los caballos del jeque, pensó, admirando la perfección de sus cuerpos y los largos y elegantes cuellos. Estaba claro que eran purasangres.

Entonces escuchó el rítmico golpeteo de unos cascos en la distancia y levantó la mirada.

Recortados contra el sol, un caballo y su amazona estaban entrenando en otro de los corrales. A pesar de la naturaleza enérgica del animal, la joven soltó las riendas y, sujetándose con los muslos, golpeó una pelota con un taco de polo.

Tenía unas curvas muy femeninas y una trenza que caía por su espalda. Richard observó esas largas piernas, envueltas en un pantalón de montar, el redondo trasero dando saltitos sobre la silla, la espalda completamente recta.

Era como si el caballo y ella fuesen uno solo, moviéndose como una unidad increíblemente hermosa y elegante.

Ella no parecía haberlo visto, pero Richard se encontró hipnotizado por esa imagen, tanto que su cuerpo empezó a despertar a la vida. Se preguntó si sería empleada de la hacienda o alguna jugadora profesional e intentó hacer memoria por si Seb le había hablado de una mujer particularmente guapa, pero no lo recordaba.

Catherine Lawson saltó de la silla y le dio el taco de polo a uno de los mozos mientras acariciaba el cuello de la yegua. El animal había sido adquirido recientemente por el jeque y tenía que probarla.

–¿Qué tal Ambrosia? –le preguntó el mozo.

–Muy bien, pero aún no está a la altura de los demás –contestó Catherine.

–¿Quieres que me encargue de ella?

–No, lo haré yo.

¿Había sido ella tan joven alguna vez, tan deseosa de demostrar que era buena en lo suyo? Seguramente, pensó, pero le parecía como si hubiera pasado un siglo. Aunque le encantaba su trabajo, seguía agarrada a su sueño de tener un establo propio algún día.

Catherine retiró la silla y la colocó en el cuarto de los aperos antes de quitarle el bocado. Y cuando la yegua la empujó suavemente con la cabeza tuvo que sonreír.

–Impaciente, ¿eh?

–Hola –la saludó Richard–. ¿Eres del equipo de polo?

Ella se dio la vuelta al escuchar esa voz masculina. Conocía a aquel hombre, había visto fotografías suyas en las páginas económicas del *New York Times* y en las revistas del corazón a las que era adicta: Richard Wells, empresario y socio de Sebastian Hughes en Clearwater Media y totalmente fuera de su alcance.

Mucho más alto que ella, aunque medía metro setenta y ocho, se encontró teniendo que levantar un poco la cabeza para encontrarse con sus ojos, de color gris. Tenía la nariz recta y un rostro que quedaba bien en las fotografías, pero era mucho más guapo en persona. Su pelo rubio oscuro, bien cortado, parecía alborotado por la brisa…

Catherine intentó controlar los latidos de su corazón. Era un hombre muy atractivo, pero sabía que estaba pasando por un amargo divorcio. Aunque intentase ligar con ella, y a juzgar por cómo la miraba parecía ser el caso, no era su tipo en absoluto. Ella no estaba preparada para un hombre como Richard Wells.

Además, sin duda perdería interés en cuanto se diera cuenta de que ella no era una chica de su círculo.

—No, soy la jefa de cuadras del jeque Adham ben Khaleel ben Haamed Aal Ferjami —contestó, usando el nombre completo de su jefe para impresionarlo.

La mayoría de la gente se quedaba impresionada. Desgraciadamente, Richard Wells no era como la mayoría de la gente.

—La jefa de cuadras, ¿eh? Debes de ser muy buena para que el jeque haya contratado una mujer.

Ésa era la reacción habitual, una con la que se había encontrado a menudo en los doce años que llevaba trabajando para el jeque.

—Me he ganado mi puesto, como hace todo el mundo. Y ahora, si me perdona, tengo muchas cosas que hacer.

–Tienes un acento curioso… ¿de dónde eres?

Catherine respiró profundamente, irritada. ¿Aquel hombre no lo entendía? No estaba interesada.

–De Nueva Zelanda. Aunque llevo mucho tiempo sin ir por allí.

–Una pena. Es un país precioso.

–Uno puede encontrar belleza en cualquier parte. Si quiere, claro.

–Tienes toda la razón –asintió Richard.

Y ella pensó que había una segunda intención detrás de esas palabras.

Catherine llevó a Ambrosia a su cajón y la sujetó a un gancho en la pared para evitar que moviese la cabeza mientras revisaba sus cascos. Tal vez entendería la pista y la dejaría en paz si la veía ocupada.

–¿Tienes tiempo libre?

–¿Cómo?

–Imagino que tendrás algunas horas libres –dijo Richard.

Catherine se encogió de hombros.

–Siempre hay cosas que hacer, especialmente durante un campeonato.

–Podríamos cenar juntos esta noche, así me contarías algo más sobre ti.

No era una pregunta, era una afirmación. ¿Tan seguro de sí mismo estaba que ni siquiera se molestaba en preguntar? Debería haberse enfadado por tanta arrogancia, pero lo que sintió fue una punzada de emoción.

–Lo siento, pero no puedo –dijo Catherine, tomando el cepillo para cepillar a Ambrosia–. Estoy ocupada.

Richard puso una mano sobre la suya, la que sujetaba el cepillo, tomándola por sorpresa.

–Normalmente nadie me dice que no.

Ella apartó la mano a toda prisa y se metió bajo el cuello de Ambrosia para llegar al otro lado. Le ardían las mejillas, una maldición de las pieles muy claras, y tuvo que tragar saliva antes de responder:

–Pues parece que va a tener que acostumbrarse.

–Venga, sólo es una cena –insistió él.

–¿Por qué iba a cenar con usted? No nos conocemos de nada. Ni siquiera sabe mi nombre.

–Eso podría cambiar –dijo Richard, con una seductora sonrisa.

Catherine debería decirle que la dejase en paz, pero sus ojos grises parecían hipnotizarla.

–No.

–Al menos dime tu nombre.

–Catherine Lawson.

–Bueno, Catherine Lawson, yo soy Richard Wells y estoy encantado de conocerte.

–Ya me imagino –murmuró ella, sin tomar la mano que le ofrecía.

No pensaba tocarlo, de eso nada. La afectaba demasiado como para arriesgarse. Lo último que quería era mantener una relación con alguno de los millonarios que pululaban por allí. Ella no quería escándalos y sabía que, al final, quien pagaba siempre era el más débil.

No, por atractivo e interesante que fuese, Richard Wells no estaba a su alcance.

# Capítulo Dos

–Tu admirador está aquí otra vez.

Catherine contuvo un suspiro mientras observaba a los caballos del jeque en el campo de entrenamiento. Pero, sin poder evitarlo, miró a Richard de reojo. Con una camisa negra y unos vaqueros de diseño, estaba apoyado tranquilamente en la cerca, sus ojos ocultos por la visera de una gorra. Pero, aunque estaban ocultos, Catherine sabía que estaban clavados en ella. Lo sabía porque notaba un cosquilleo en el cuello...

¿No tenía nada mejor que hacer que seguirla a todas partes como si fuera su sombra? Durante aquella semana había ido a los establos todos los días, ayudando como si fuera un mozo de cuadras y no un multimillonario acostumbrado a tener todo lo que quería.

Cada día le preguntaba si quería cenar con él y cada día ella lo rechazaba.

No se volvería para mirarlo. No lo haría.

Pero lo hizo.

Y su corazón dio un vuelco. Era horrible que hubiese invadido sus pensamientos durante el día, pero ahora también había invadido sus sueños. Y el de la noche anterior había sido... particularmente ardoroso.

Había despertado antes del amanecer, cubierta de sudor, las sábanas enredadas entre sus piernas, sintiendo un anhelo del que no podía librarse. Un anhelo del que no podría librarse mientras él estuviera allí, mirándola día tras día.

Evidentemente, la palabra «no» no tenía ningún significado para aquel hombre. O, más bien, parecía creer que significaba «inténtalo de nuevo».

Y los pobres mozos tenían que soportar su frustración. Las tareas diarias eran meticulosamente supervisadas y cada vez que vendaban las patas de un animal, Catherine las examinaba con más cuidado que nunca. Y el cuarto de los aperos tenía que estar en condiciones óptimas.

Sabía que estaba siendo una pesada, pero no podía evitarlo. Richard Wells la ponía tan nerviosa que apenas era capaz de pensar con claridad. Estaba haciendo lo posible por mantenerse firme pero, por lo visto, eso no podía evitar que apareciera en sus sueños.

Además de eso, aquella tarde el jeque le había pedido que se reuniera con él. Aparentemente, los caballos habían llamado la atención de un comprador extranjero y quería conocerla.

A Catherine no le apetecía nada ponerse un vestido y tener que charlar con la clase de gente que normalmente la ponía de los nervios porque la faceta social del polo nunca había sido lo suyo. Y ésa era otra razón por la que no tenía nada que ver con un hombre como Richard Wells.

No, seguramente a él le gustarían las elegantes mujeres que llenaban la sociedad de los Hampton cada año con sus peinados perfectos, sus perfectas sonrisas y su ropa perfecta.

Catherine sacudió la cabeza. En realidad, no estaba siendo justa del todo. Como ocurría en cualquier evento al que acudiese gente con dinero, había personas que sólo iban para salir en las revistas, pero también los había con auténtico interés por el deporte.

Había dejado que Richard Wells la afectase demasiado, decidió entonces, mientras detenía el entrenamiento y hacía un gesto para que los mozos llevasen a los caballos de vuelta a los establos. O tal vez, le dijo una vocecita, no había dejado que la afectase como debería.

Una vívida y apasionada imagen apareció en su cabeza entonces… tan vívida y tan inconveniente que Catherine suspiró.

—¿Estás bien? —le preguntó uno de los mozos.

Ella sintió que le ardía la cara.

—Sí, claro que estoy bien. Es que no me apetece nada tener que ir a la carpa con el jeque esta tarde.

—Tomarás champán y hablarás con los ricos y famosos. ¿Qué es lo que no te gusta de eso?

—Todo —contestó ella con una sonrisa.

El mozo rió mientras desmontaba, tirando de las riendas para dirigirse al establo por delante de ella. Catherine se quitó el casco, pensativa. A veces desearía ser como los mozos, la mayoría más jóvenes que ella, que tenía veintiocho años. Para ellos, las relaciones iban y venían y nunca les daban demasiada importancia. Muchos trabajaban sólo por la experiencia y con la esperanza de que alguien se fijara en ellos y los contratase para algún equipo de polo, pero los sueños de Catherine eran diferentes.

Ella era una entrenadora muy competente, pero lo suyo no era el juego. No, ella adoraba a los caballos y lo único que deseaba era tener un establo propio algún día. Un sueño imposible a menos que pudiera conseguir dinero para poner sus ideas en marcha, claro, pero esperaba poder dar clases de equitación a niños con problemas además de a aquéllos que pudieran permitírselo.

—¿En qué piensas?

La voz de Richard a su espalda interrumpió sus pensamientos, devolviéndola a la realidad.

—En mis cosas —respondió, saltando de la silla.

—Sobre esa cena…

Catherine le dio las riendas del caballo a uno de los mozos y se volvió para mirarlo.

—Creí haberlo dejado bien claro: no estoy interesada en cenar contigo.

—Si me hubiera rendido cada vez que alguien me ha dicho que no, no estaría aquí ahora mismo —dijo él.

Luego sonrió y esa sonrisa suavizó sus rasgos, dándole un aspecto más juvenil, más travieso. Y Catherine tuvo que hacer un esfuerzo para no devolverle la sonrisa.

—Lo siento, pero no estoy interesada.

—¿Por qué no?

—Porque no estoy interesada.

—Pero si no lo estás, no tienes nada que perder, ¿no?

—Y tampoco tengo nada que ganar.

—Sí, bueno, eso es verdad —asintió él—. Pero la experiencia me ha enseñado a leer el lenguaje corporal de la gente y a descubrir el mensaje que están enviando sin darse cuenta.

—¿Y?

Richard cruzó los brazos sobre el pecho.

—Francamente, no te creo.

Catherine dejó escapar un suspiro de frustración.

—Me da igual que me creas o no. Mira, deja que te lo diga con toda claridad: no tengo la menor intención de ser tu aventura de verano. Pertenecemos a mundos bien diferentes y a mí sólo me importan los caballos. Así que, por favor, deja de perder tu tiempo y pídeselo a alguien que esté interesado.

—No recuerdo haberte pedido que fueras mi aventura de verano, aunque la idea es interesante.

Sus ojos estaban clavados en los labios de Catherine y ella tuvo que carraspear, incómoda.

—Lo siento, pero no.

—Sólo es una cena entre dos adultos.

El sutil énfasis en la palabra «adultos» la hizo sentir un extraño cosquilleo, pero intentó disimular.

—La respuesta es y será no. Y ahora, si no te importa, tengo mucho trabajo.


Richard observó a Catherine alejándose hacia el establo con la espalda muy recta, la cabeza erguida. ¿Por qué insistía tanto? Ella no podía haberle dejado más claro que no estaba interesada. Y él no estaba tan necesitado de compañía femenina. Aunque había algo desafiante en Catherine que lo excitaba de una manera increíble.

Había mantenido la disolución de su matrimonio en secreto por una buena razón y, gracias a la perspicacia de su abogado, que había insistido en incluir una cláusula que evitaba que Daniella lo hiciese público, por el momento nadie sabía que ya estaba divorciado. No estaba siendo narcisista al pensar que era un hombre buscado por las mujeres. Sabía que era pasablemente atractivo, estaba en forma, aún joven y económicamente más que solvente. No tenía el menor deseo de convertirse en el objetivo de un montón de mujeres solteras, e incluso casadas, en busca de una pensión económica. Había cometido ese error una vez y no pensaba cometerlo de nuevo.

Cuando buscase compañía femenina a partir de aquel momento sería en sus términos y por eso estaba tan decidido a conquistar a Catherine. Físicamente no podía ser más diferente a Daniela. Su alta y esbelta figura no tenía nada que ver con las voluptuosas curvas de su ex mujer. Richard tuvo que apretar los puños al imaginar el cuerpo de Catherine debajo del suyo y cómo sus largas piernas se enredarían en su cintura, sus pechos, pequeños pero firmes, bajo sus manos y su lengua…

Un incendio se declaró en su interior, empezando por la planta de los pies y despertando todas sus terminaciones nerviosas. Si sólo pensar en hacer el amor con ella lo ponía en ese estado, ¿cómo sería la realidad?

Estaba deseando enterarse y que Catherine no se lo pusiera fácil sencillamente lo excitaba aún más.

Maldita fuera, qué testaruda, pensó. Pero a él le gustaban las mujeres testarudas. Richard aún no había encontrado un obstáculo que no hubiera podido saltar en toda su vida y convencer a Catherine empezaba a ser una distracción más que interesante.

Richard se dio la vuelta para ir a la casa de invitados. Necesitaba darse una ducha fría antes del partido de aquella tarde. Una larga ducha fría.

# Capítulo Tres

Richard paseaba entre la gente que rodeaba la carpa de los VIPS. Resultaba difícil creer que algunos fueran a ver los partidos de polo, pensó, con cierto cinismo. En su opinión, la mayoría estaban más interesados en ser vistos con ciertos famosos que en acudir a los partidos, pero eso era parte del deporte, tuvo que reconocer mientras saludaba a uno de sus colegas de Nueva York.

Seb le había presentado al jefe de Catherine, el jeque Adham Aal Ferjani, que le había caído bien inmediatamente. El jeque se mostró muy amable, aunque no apartaba la mirada de su esposa, una mujer bellísima pero muy callada. Richard sabía que había sufrido una tragedia familiar recientemente, tal vez por eso su marido no dejaba de observarla.

Cerca de la entrada de la carpa, los paparazzi se empujaban unos a otros para fotografiar a Carmen Akin. La actriz, ganadora de varios premios, era más guapa en persona que en celuloide, aunque tenía una expresión algo tensa. Pero, por supuesto, los de seguridad se encargaron de que no la molestasen demasiado.

Y allí estaba Vanessa Hughes, la hermana de Sebastian, con un traje blanco de diseño y unas gafas de sol que le tapaban casi toda la cara. Y dentro de un voluminoso bolso, con toda seguridad llevaría los zapatos planos que le gustaba usar cuando no había fotógrafos, a pesar de medir sólo un metro y medio. Siempre le había caído bien Vanessa por ser tan práctica en ese asunto, aunque no en todo lo demás.

Después de saludar a Vanessa, Richard miró alrededor, preguntándose dónde estaría Catherine. Trabajar con caballos no se parecía nada al circo de gente que llenaba la carpa, eso seguro. Y, sin duda, sería preferible.

Estaba tomando un sorbo de champán mientras miraba alrededor cuando su mirada se detuvo en una cara en particular.

Catherine. Una Catherine muy elegante, además. En lugar de los mechones sueltos que solían enmarcar su cara, su pelo estaba firmemente sujeto en un moño que dejaba su cuello al descubierto. Un cuello largo y precioso, hecho para ser besado, pensó.

El severo estilo le quedaba bien, destacando su amplia frente y altos pómulos. Como única joya, un aro de plata en la oreja derecha. No iba muy maquillada, pero el brillo de sus labios llamó su atención. Si hubiera ido con él, no seguiría teniendo ese brillo porque se lo habría quitado a besos…

Catherine lo vio en ese momento y, de inmediato, se puso tensa, irguiendo los hombros bajo un vestido verde que le daba a sus ojos el color del mar. Un mar en medio de una tormenta, a juzgar por el frunce de sus labios.

Era la primera vez que la veía sin las botas de montar y le gustaba aquella nueva Catherine. Mucho. Siempre elegante sobre el caballo, lo era aún más con el sencillo pero elegante vestido que destacaba sus largas piernas y finos tobillos. Incluso sus pies tenían un aspecto elegante con unas sandalias de tacón. Nada ostentoso, sencillamente chic.

Se había pintado las uñas de un tono rosa que iba muy bien con el color de su piel y debía admitir que, después de verla con botas a diario, eso lo sorprendía un poco. Pero servía para recordarle lo poco que sabía de Catherine Lawson y cuánto le gustaría saber algo más sobre ella.

Richard sonrió para sí mismo mientras se daba la vuelta. Catherine sabía que estaba allí y sería interesante comprobar si iba a hablar con él. Aunque apostaría cualquier cosa a que no.

El siguiente partido estaba a punto de empezar y la gente había empezado a salir de la carpa. Richard decidió seguirla, tal vez incluso sentarse a su lado para ver el partido, pero alguien mencionó su nombre entonces…

–¿No es Catherine Lawson, la hija de Del Lawson? –preguntó una rubia alta a su amiga, igualmente rubia y delgada.

–¿Del Lawson? ¿No estuvo involucrado en un escándalo por dopaje hace años?

Richard notó que Catherine también había escuchado la conversación y se había puesto pálida.

–Pues será mejor que el jeque vigile a sus caballos si esa chica trabaja para él –comentó una de las rubias.

–Dicen que de tal palo tal astilla, ya sabes –asintió su amiga mientras salían de la carpa.

Richard se abrió paso entre la gente para llegar al lado de Catherine, pero ella había salido de la carpa y se dirigía hacia los corrales, erguida y tensa.

La siguió, no sabía por qué, tal vez con el deseo de consolarla o protegerla. Richard no cuestionó ese repentino deseo de defender a una mujer que era una completa extraña. Sabía que estaba disgustada y, fuera como fuera, iba a solucionarlo.

Catherine parpadeó varias veces para contener las lágrimas. No iba a llorar. Se negaba a dejar que un par de extrañas rompieran el muro protector que llevaba doce años levantando a su alrededor. ¿Quién habría imaginado que unas cuantas frases irreflexivas pudieran romperle el corazón de esa manera?

Tropezó entonces, uno de sus tacones enganchándose en la hierba, pero logró seguir adelante, desesperada por alejarse del pasado.

—Catherine, espera un momento.

Cuando Richard la tomó del brazo, ella intentó apartarse.

—Suéltame.

—No voy a soltarte —dijo él, abrazándola.

Catherine sabía que debería apartarse, que ese abrazo no debería ser tan estimulante, que el calor de su cuerpo no debería hacerla sentir que no estaba sola en el mundo.

Pero no podía evitarlo. Las lágrimas que había estado intentando contener empezaron a correr por sus mejillas y, un segundo después, Richard le ofreció un pañuelo. Pero sólo la soltó para que se sonase la nariz antes de volver a abrazarla.

Catherine se apoyó en él como si fuera lo único que pudiese mantenerla en pie, pero un segundo después se apartó bruscamente.

—Gracias —murmuró, avergonzada—. Te devolveré el pañuelo cuando lo haya lavado.

–No te preocupes por eso. ¿Estás bien?

–Sí.

Catherine apartó la mirada, nerviosa. Ella nunca lloraba delante de la gente, tal vez porque había estado sola desde los dieciséis años. Con su madre en Australia, viviendo una nueva vida, y su padre muerto, había aprendido a depender sólo de ella misma y perder el control de esa manera, especialmente delante de alguien como Richard Wells, era inaudito.

Era estúpido reaccionar así por el comentario de dos personas que no la conocían en absoluto. Había oído cosas peores durante esos años, cosas sobre su padre que le dolían más que cualquier comentario despectivo sobre ella.

Richard estaba a unos centímetros, mirándola como si estuviera a punto de abrazarla de nuevo. Que alguien se interesara por ella era algo totalmente nuevo y emocionante. Y peligroso, demasiado peligroso.

–¿Quieres contármelo?

–No –contestó Catherine. Correr, escapar, sí; hablar de ello era lo último que quería.

–¿Tienes que volver? –le preguntó Richard.

–¿Volver? –repitió ella, confusa.

–A la carpa.

–Ah, no, no, ya he hecho lo que tenía que hacer. El jeque tenía una cita con un posible comprador que quería conocerme, pero ya he terminado.

–¿Puedo ir caminando contigo? ¿O prefieres ir en coche?

Catherine negó con la cabeza.

–No hace falta, gracias. Sólo iba a ver a los caballos para comprobar que todo está bien y luego pensaba irme a casa.

—Iré contigo.

—No es necesario, de verdad. No necesito que me lleves de la mano.

—Lo sé, eres dura y valiente. No necesitas a nadie, ¿verdad?

Catherine intentó disimular la sorpresa que le producían esas palabras. ¿Eso era lo que pensaba de ella, que no necesitaba a nadie?

Pues no podía estar más equivocado. Le gustaría ser de alguien, alguien que no la juzgase por su padre, alguien que no la mirase por encima del hombro porque no tenía un título universitario. Alguien que entendiera que, aunque lo caballos eran su vida, también necesitaba una persona especial que la hiciese sentir completa. Un hombre que la ayudase a tocar las estrellas y, al mismo tiempo, la mantuviera con los pies en el suelo gracias a la seguridad de su amor.

—Seguro que tú no sabes lo que es sentirse rechazado continuamente –dijo Richard entonces, fingiéndose herido.

Y, sin poder evitarlo, Catherine sonrió.

—¿Estás hablando de ti mismo? Porque si es así, no te creo.

—Pues claro que sí.

—Dudo mucho que te hayan rechazado en toda tu vida.

—Tú no dejas de rechazarme y eso hiere mis sentimientos.

Ella rió de nuevo.

—Lo dirás de broma. Los hombres como tú… si alguna mujer te rechaza, sencillamente buscas una nueva conquista, seguro.

Richard arrugó el ceño.

—¿Es así como me ves?

Catherine contuvo el aliento. ¿Lo había ofendido? No había sido su intención, sobre todo después de que él se mostrase tan considerado.

—Perdona, no quería…

—No, sigue. Pídeme que salga contigo y verás lo que se siente.

—¿Quieres que te pida que salgas conmigo?

—Eso es.

—Y tú me vas a decir que no para que sepa lo que es sentirse rechazado, ¿verdad? Pues no, gracias, ya lo sé.

—Nunca pensé que fueras una cobarde –dijo él entonces, con una sonrisa que formaba arruguitas alrededor de sus ojos.

Catherine dejó escapar un largo suspiro.

—Muy bien, de acuerdo. ¿Te gustaría salir conmigo alguna vez?

—Me encantaría. ¿Cuándo y dónde?

Sería tramposo… la había engañado y ella había caído en la trampa como una tonta. Y ahora no sabía qué hacer.

—Eso no es justo. Me has engañado para que te lo preguntase.

—Catherine, debes saber algo sobre mí: cuando quiero algo, lo consigo tarde o temprano. Aunque sea utilizando alguna treta.

Richard sonrió de nuevo, pero esta vez no había nada travieso en esa sonrisa. Era el empresario duro, decidido, que había fundado una empresa de comunicación con Sebastian Hughes sin ayuda de nadie.

Debería enfadarse y, sin embargo, una parte de ella se alegraba de haber dicho que sí. ¿Pero qué podía hacer con un hombre como Richard Wells, acostumbrado a lo mejor de la vida, a los mejores restaurantes, los mejores coches?

¿Cómo podía competir con las mujeres con las que salía? Ella ahorraba todo lo que ganaba para tener su propio establo algún día. Era una suerte que su trabajo ofreciera alojamiento y que el jeque Adham fuese tan generoso, pero aún le quedaba por delante un camino muy largo antes de conseguir su objetivo.

¿Podría sentirse Richard satisfecho con algo sencillo? ¿Y por qué le importaba? La había engañado para conseguir una cita, de modo que su castigo debería ser que no fuera lo que había esperado.

Entonces recordó algo que su padre solía decir cuando era pequeña: «Puedes averiguar muchas cosas sobre un hombre por su forma de tratar a los caballos».

Perfecto. De repente, Catherine sabía exactamente lo que iban a hacer durante esa cita.

–Muy bien –le dijo–. Nos vemos mañana en el establo a las siete de la mañana. Lleva ropa de montar, si tienes.

–¿Vamos a dar un paseo a caballo?

–Oye, tú me has preguntado cuándo y dónde. Pero si me das plantón no iré a buscarte, no te preocupes.

–Allí estaré. Cuenta con ello.

Richard se dio la vuelta para dirigirse al campo de polo y Catherine se preguntó si habría cometido un error. Richard Wells era muy listo, desde luego. La había engañado descaradamente y, además, la ponía más nerviosa que cualquier otro hombre.

# *Capítulo Cuatro*

Era una mañana como cualquier otra, se recordó Catherine a sí misma. Tenía tareas que hacer, caballos a los que atender, notas que tomar para el veterinario que llegaría unas horas más tarde para atender a los caballos tras el partido del día anterior.

Y, sin embargo, era una mañana diferente a las demás y tenía los nervios agarrados al estómago. Apenas había podido pegar ojo la noche anterior y había estado a punto de dejarle un mensaje a Richard diciendo que no podían verse. Pero la verdad era que estaba deseando pasar un rato a solas con él.

–Patético –murmuró para sí misma mientras ensillaba a dos de sus caballos favoritos.

Los dos eran tranquilos por naturaleza porque no sabía si Richard estaba acostumbrado a montar y no quería avergonzarlo. Aunque dudaba mucho que alguien fuese capaz de avergonzar a Richard Wells.

Aunque se había hecho una trenza, como de costumbre, como de costumbre también varios mechones habían escapado y, mientras intentaba devolverlos a su sitio, sintió que el vello de su nuca se erizaba. Él estaba allí, lo sabía como si estuviera viéndolo con sus propios ojos, pero siguió colocando la silla sobre Gryphon, aunque sabía que tarde o temprano tendría que volverse para mirarlo.

Por fin, le dio una palmadita en el flanco y se dio la vuelta. Pero en cuanto lo hizo volvió a experimentar la sensación que había experimentado unos segundos antes. Sospechaba que los caballos no eran algo demasiado familiar para él, pero uno no podía suponer nada con gente como Richard Wells.

Llevaba un polo de manga larga con un chaleco acolchado y unas botas muy usadas. No iba disfrazado como hacían algunos. Las botas se pegaban a sus pantorrillas y los pantalones parecían abrazar sus piernas con seductora intimidad. Un casco colgaba de sus dedos, también usado y más práctico que elegante.

Podía imaginar lo atractivo que estaría sobre la silla, esos poderosos muslos empujando al animal...

Catherine tragó saliva, nerviosa.

—Buenos días —la saludó Richard—. Veo que iba en serio lo de ir a dar un paseo a caballo.

Hasta su sonrisa era suficiente para ponerla nerviosa.

—Y veo que sabes montar, la verdad es que no estaba segura. A lo mejor prefieres un caballo un poco más enérgico que el viejo Gryphon —dijo ella, dando una palmadita en el flanco del animal.

—No, hoy no. Hoy quiero concentrarme en ti. De hecho —Richard se abrió el chaleco con una mano— he puesto el móvil en silencio.

Cuando volvió a sonreír, Catherine notó las arruguitas que se formaban alrededor de sus ojos, como si sonreír fuese algo que hiciera a menudo. Seguramente porque tenía pocas preocupaciones. ¿Qué iba a preocupar a un millonario aparte de la Bolsa y a quién llevase del brazo a la próxima fiesta?

Richard dio un paso adelante para acariciar el cuello del caballo.

–Creo que Gryphon y yo vamos a llevarnos muy bien. Además, hace tiempo que no monto y será estupendo relajarme un poco mientras admiro el paisaje.

Pero el brillo de sus ojos dejaba bien claro a qué clase de «paisaje» se refería. Y, durante un segundo, Catherine se permitió a sí misma creer que era la clase de mujer que atraería a un hombre como él no sólo para tener una breve aventura, que era todo lo que Richard Wells querría de ella.

–Bueno, será mejor que nos vayamos –murmuró, poniendo el pie en el estribo–. Han dicho que va a llover esta tarde, espero que la lluvia no se adelante.

Richard subió al caballo de un salto y poco después salían del establo.

Catherine se encontró disfrutando del agradable silencio, aunque no dejaba de preguntarse qué querría aquel hombre. Estaba pendiente de ella desde que llegó a la hacienda Siete Robles. Incluso los días de partido la buscaba y, si no la encontraba en los establos, iba a buscarla a los corrales o al campo de entrenamiento.

Odiaba admitirlo, pero al final estaba deseando verlo cada día. Cada día salvo el día anterior, pensó entonces. No le había gustado nada que escuchase el desagradable comentario de esas mujeres y mucho menos que la viera llorar.

Con los años había aprendido a lidiar con esas cosas sin que le hicieran daño, pero que Richard lo hubiese oído le resultaba incómodo. Y se preguntó entonces si le habría preguntado a alguien por el escándalo que provocó la muerte de su padre.

Catherine suspiró, enfadada consigo misma. Había elegido ir a dar un paseo a caballo pensando que así ella llevaría el control pero, a juzgar por cómo montaba a Gryphon, Richard estaba tan cómodo sobre una silla como en un despacho.

El sol empezaba a levantarse en el horizonte, colándose entre las nubes, y los pájaros habían empezado a cantar mientras se acercaban a un grupo de árboles.

–¿Quieres que galopemos un rato? –le preguntó.

–Pensé que no ibas a sugerirlo nunca –dijo él, señalando un árbol solitario a unos cincuenta metros–. Te echo una carrera hasta allí.

–Muy bien –respondió Catherine.

Un segundo después, clavaba los talones en el flanco de su animal. Gryphon era rápido, pero no tanto como su caballo, al que sólo había que rozar para que se lanzase al galope. El sonido de los cascos golpeando el suelo hacía eco en sus oídos mientras galopaban hacia su objetivo.

Si la vida pudiera ser tan sencilla, pensó, antes de recordarse a sí misma que debía disfrutar del momento.

Cuando llegó al árbol, unos segundos antes que Richard, empezó a reír.

–No montas mal –le dijo–. No todo el mundo puede hacer que Gryphon corra tanto.

Richard acarició el cuello del animal.

–Hemos llegado a un acuerdo.

–Ya, seguro –murmuró Catherine.

–Yo me suelo llevar bien con todo el mundo y, evidentemente, a Gryphon le pasa lo mismo.

Siguieron cabalgando en silencio y, curiosamente,

Catherine se sentía cómoda. Tal vez incluso demasiado cómoda. Podría acostumbrarse, pero sabía que aquello sólo era un encuentro fortuito para él. La vida de Richard estaba en la gran ciudad, en el mundo de los negocios y las altas finanzas. La de ella era completamente diferente.

Richard notó que el humor de Catherine estaba cambiando. Había empezado alegre, pero poco a poco había ido apartándose, volviéndose taciturna. Sabía que la había sorprendido con sus viejas botas de montar porque seguramente esperaba que fuese como la mayoría de los invitados de Siete Robles y que sólo estuviera allí para las reuniones de sociedad y los partidos.

Pero él dejaría su trabajo en la ciudad si cada día pudiera ser como aquél. Sabía que Sebastian estaba preocupado por la salud de su padre y las responsabilidades a las que había tenido que hacer frente desde que le descubrieron un cáncer a Christian, pero tener una casa allí, además de su casa en Nueva York, sería absolutamente perfecto.

Catherine se acercó a uno de los riachuelos que atravesaban la propiedad, sus ojos clavados en las tranquilas aguas. Se parecía mucho a ese riachuelo, pensó Richard, serena en la superficie, pero con corrientes ocultas.

Y, de repente, estaba harto de jugar a lo que había estado jugando con ella durante los últimos días. Él no era la clase de hombre que esperaba que el otro diera el primer paso y sabía que Catherine saldría corriendo antes de admitir que lo encontraba atractivo.

La miró, muy erguida en la silla, su figura esbelta y firme. Despertaba cada mañana consumido por el deseo de tocar a aquella mujer que parecía intocable. ¿Sería tímida, reservada? ¿O tomaría el control y lo montaría como montaba a sus caballos, convirtiéndose en un solo ser?

Estaban tan cerca que sus piernas se rozaban. Catherine se volvió entonces, como distraída y, sin pensarlo dos veces, dejándose llevar por la tentación, Richard se inclinó un poco hacia delante para acariciar su cuello.

Su aroma era fresco y limpio, nada que ver con los perfumes que usaban las demás mujeres. Ésa era su esencia y nunca había respirado un aroma más excitante.

Ella abrió los labios para protestar, pero Richard se apoderó de su boca. Catherine se quedó rígida sobre la montura mientras besaba esos labios tan suaves en contraste con la fuerza de su cuerpo y la voluntad de hierro que intuía en ella.

Y, de repente, se encendió como nunca; el deseo creando una sed que sólo podía ser saciada por aquella mujer. Cuando deslizó la lengua por su labio inferior sintió un escalofrío de triunfo al notar que temblaba. Había esperado que se apartase, pero en lugar de hacerlo Catherine se inclinó hacia él para devolverle el beso.

Richard no se cansaba de besarla y el fuego en su interior se convirtió en lava ardiente. No oía nada, sólo podía sentir. Estaba besándola, pero era mucho más, era una comunión de sus espíritus.

—Eres preciosa, ¿lo sabías? —murmuró.

Catherine sacudió la cabeza.

–No tienes que mentirme.

Richard levantó su barbilla con un dedo para que lo mirase a los ojos. ¿No se daba cuenta de lo guapa que era, de cómo lo afectaba en todos los sentidos?

–Yo no suelo mentir, Catherine. Eres preciosa.

Ella abrió la boca para protestar, pero las nubes eligieron ese momento para abrirse y un segundo después estaba lloviendo a cántaros.

–Yo esperaba que no lloviera hasta esta tarde –dijo Catherine, tirando de las riendas para dar la vuelta–. Hay un viejo establo no muy lejos de aquí. Ya no se usa, pero está más cerca que el establo principal. Podemos quedarnos allí hasta que escampe.

Sin esperar respuesta, tocó los flancos de su caballo y cuando el animal empezó a galopar Richard tuvo que seguirla porque Gryphon también parecía dispuesto a buscar un lugar seguro lo antes posible. Pero se preguntó si el aguacero sería suficiente para enfriar su ardor.

Unos minutos después Catherine desmontó frente a un viejo establo, la lluvia que empapaba su pelo y su camisa marcando el sujetador en íntimo detalle. No debería excitarlo tanto, pensó Richard. La sencilla prenda de algodón no estaba diseñada para excitar, pero aun así aumentaba su deseo hasta un punto increíble.

Entre los dos lograron abrir la puerta y entrar en el establo con los caballos. Mientras él cerraba, Catherine llevó a los animales hasta dos cajones vacíos para quitarles los bocados y darles un cubo de agua.

Richard se quitó el casco y miró alrededor. Era un edificio viejo, pero parecía estar en buenas condiciones. Y, al menos, allí no se mojarían.

–Creo que el señor Hughes lo usa sólo durante los campeonatos, cuando no hay sitio suficiente para todos los caballos –dijo Catherine, frotándose los brazos–. Debe de haber mantas por aquí…

Él la siguió hasta lo que parecía un cuarto de aperos en el que había un viejo sofá, una mesa y un montón de alcayatas para las riendas y los bocados, las motas de polvo flotando en el aire.

Richard se quitó el chaleco y lo tiró sobre la mesa mientras Catherine buscaba en un armario. Si fuese un caballero, apartaría los ojos de la camisa mojada, pero no era capaz de recordar sus buenas maneras.

Fuera, la lluvia golpeaba el tejado del establo con ferocidad y en el cuarto de los aperos apenas había luz. Allí estaban a salvo de los elementos, pero no a salvo del deseo que corría por sus venas.

–Puedes usar esto para secarte un poco –dijo Catherine, ofreciéndole una toalla.

–¿Y tú?

–Yo me secaré después.

Richard enarcó una ceja al verla temblar.

–Parece que tú lo necesitas más que yo.

En realidad, él debería estar echando humo.

Sin esperar respuesta le quitó el casco y, después de tirarlo sobre la mesa, secó su cara con la toalla y apretó la trenza empapada.

–Ahora no vas a poder secarte tú –protestó Catherine.

–No importa –dijo él, soltando la goma que sujetaba la trenza.

–¿Qué haces?

–Así se secará más rápido. Además, siempre he querido verte con el pelo suelto.

115

—Voy a parecer una rata mojada.

—Imposible, eres guapísima —Richard trazó la línea de sus cejas con un dedo—. Guapísima —repitió, su voz cargada de deseo.

Estaban pegados el uno al otro y la sintió temblar, pero dudaba que fuese de frío.

—Richard...

—Quiero verte desnuda.

Pensó que iba a rechazarlo, de hecho estaba casi seguro de que lo haría, pero cuando Catherine asintió con la cabeza, Richard tiró de la camisa empapada para sacarla del elástico del pantalón. Un segundo después, el sujetador también había desaparecido.

Lentamente, casi con reverencia, deslizó los tirantes por sus brazos, dejando sus pechos desnudos al descubierto. Temblando, rozó sus pálidos pezones con los dedos y sintió que se endurecían. Sin decir una palabra, se inclinó para quitarle botas y calcetines y, por fin, el pantalón y las braguitas.

Cuando se erguía, también lo hizo ella, quedando frente a él recta y orgullosa. Suya. Richard sintió como si hubiera esperado aquel momento durante toda su vida. Y no tenía la menor intención de desaprovecharlo.

# Capítulo Cinco

Catherine nunca se había sentido tan audaz como en aquel momento, desnuda delante de Richard. Él la miraba con tal brillo de admiración y deseo en los ojos que su mirada la calentaba por dentro y por fuera.

La hacía sentir bella, femenina.

Richard se inclinó para quitarse las botas y el resto de la ropa y luego quedó frente a ella completamente desnudo salvo por el vello que cubría su torso. Un vello que descendía en una línea hasta más abajo del ombligo. Catherine desearía tocarlo…

Le había dicho que era preciosa, pero ella podría decir lo mismo. No había una sola onza de grasa en su cuerpo. Era fibroso, todo músculo, desde los anchos hombros a los muslos.

Sin darse cuenta, alargó una mano para tocarlo, deslizándola por sus hombros, por sus fuertes pectorales, rodeando los oscuros y diminutos pezones.

Obedeciendo las exigencias de su cuerpo, inclinó la cabeza para pasar la lengua por uno de ellos y su recompensa fue un gemido ronco de placer.

Richard alargó una mano para apretarla contra su torso. Su erección quedó atrapada entre ellos y, al darse cuenta, Catherine empujó la pelvis hacia delante.

Un minuto antes estaba muerta de frío y ahora sentía un infierno en su interior. Sin embargo, vaciló durante un segundo. No podía creer que estuvieran allí, haciendo aquello. Pero entonces Richard la abrazó de nuevo y el momento de cordura se esfumó. Habría tiempo para eso más tarde, se dijo. En aquel momento lo deseaba con todas sus fuerzas.

Richard apretó sus nalgas y Catherine movió las caderas adelante y atrás, desesperada por aliviar la presión que sentía en su interior. No era suficiente, pero tendría que valer por el momento.

–¿Te gusta? –murmuró él.

Catherine asintió con la cabeza, incapaz de articular palabra.

–Pon las piernas alrededor de mi cintura –murmuró Richard, su voz apenas un suspiro.

Ella hizo lo que le pedía y, sujetándola con una mano, Richard colocó el chaleco sobre la mesa a modo de colchón.

–Inclínate un poco.

Catherine apoyó una mano sobre el chaleco, pero emitió un suspiro de protesta cuando él la soltó, dejando sus piernas abiertas.

Se tomó su tiempo, admirándola mientras deslizaba una mano por sus muslos hasta llegar al nido de rizos entre sus piernas. Catherine se mordió el labio inferior cuando empezó a acariciar sus húmedos pliegues con un dedo, inclinándose hacia delante para buscar uno de sus pezones con la lengua.

Excitada como nunca, empujó las caderas hacia su mano y contuvo el aliento mientras él chupaba el pezón con fuerza...

La estaba volviendo loca.

Loca de deseo.

Loca por él.

Al sentir que la abría con los dedos y deslizaba uno en su interior levantó las caderas para moverse contra su mano, intentando llegar al efímero goce que prometía.

—Ah, eres tan dulce —musitó Richard, buscando el otro pezón—. No tienes ni idea de las veces que me he imaginado haciendo esto.

Catherine no podía hablar mientras acariciaba su encapuchada perla. Estaba tan cerca, tan cerca, que en cualquier momento explotaría.

—No pares, por favor —le suplicó, su voz extraña a sus propios oídos.

—No te preocupes, no tengo intención de parar.

Con los ojos vidriosos de deseo, lo vio meter la mano en uno de los bolsillos del chaleco para sacar un preservativo.

—No me digas que fuiste boy scout en otra vida —bromeó.

—En ésta, en realidad —dijo él mientras se lo ponía a toda prisa—. ¿Dónde estábamos?

Un sonido gutural escapó de su garganta mientras la penetraba, despacio, tomándose su tiempo. Catherine levantó las caderas para recibirlo, siguiendo su ritmo, al principio tan despacio que la desesperaba, luego más deprisa, casi violentamente, hasta que se dejó ir, las olas de placer borrando todo lo demás.

Como si su orgasmo hubiera desatado el de Richard, sintió que empujaba con más fuerza una vez más y luego, por fin, cayó sobre ella, su cuerpo sacudido por los espasmos.

Catherine apoyó la cabeza en la mesa, la fría madera rozando sus hombros en contraste con su ardiente cuerpo cubierto de sudor. Richard respiró profundamente y ella lo abrazó como si no temiera soltarlo.

—Ha sido… muy intenso —dijo él unos segundos después, intentando recuperar el aliento.

—Sí, es una forma de describirlo.

—Sabía que nos entenderíamos bien, pero esto… ha superado mis expectativas.

Catherine trazó un círculo en su espalda con el dedo. Nunca se había sentido cómoda hablando después de hacer el amor.

—¿Siempre haces un post mortem después de acostarte con alguien? —bromeó.

—Después de hacer el amor —la corrigió él—. No eres de muchas palabras, ¿eh?

—No —admitió ella, sin dejar de acariciarlo.

—¿Prefieres la acción?

—Siempre.

—Entonces sugiero que vayamos al sofá y nos pongamos un poquito más cómodos —dijo él.

—¿Has traído más de un preservativo?

Richard le hizo un guiño mientras se apartaba.

—Como he dicho antes, he pensado mucho en ti.

Después de quitarse el preservativo lo envolvió en un pañuelo y tomó su mano para ayudarla a incorporarse.

—Y he tenido una fantasía —dijo luego, buscando sus labios.

—¿Qué clase de fantasía?

Richard se lo contó al oído, su aliento haciéndola sentir escalofríos.

—Creo que podemos arreglarlo —Catherine sonrió mientras lo empujaba suavemente hacia el sofá y sacaba otro preservativo del bolsillo del chaleco antes de sentarse sobre él a horcajadas–. Ahora me toca a mí –le dijo, con voz ronca.

Había dejado de llover y el silencio, después de una tormenta de emociones, contrastaba con los suspiros, gemidos, jadeos y gritos de placer. Pero entonces, de repente, Catherine se dio cuenta de la hora que era. Se hacía tarde y la gente empezaría a preguntarse dónde estaba.

Nerviosa, se apartó de Richard y tomó las braguitas del suelo.

–¿Qué haces?

–¿Tú qué crees? Me estoy vistiendo.

–Ven aquí.

–Mira, ha sido estupendo… genial incluso, pero yo no estoy aquí de vacaciones. He venido a trabajar y tengo cosas que hacer –Catherine tomó su brazo y le dio la vuelta para mirar la hora en su Rolex–. Y llego tarde.

Sin decir una palabra, Richard se levantó del sofá. A la luz del sol que entraba por la ventana estaba guapísimo y tuvo que apretar los puños para no abrazarlo de nuevo.

Mientras se vestía, haciendo una mueca de disgusto al notar que el pantalón seguía mojado, notó que su móvil vibraba en el chaleco y, sin pensar, lo sacó del bolsillo. En la pantalla decía: *Daniella*.

–A lo mejor es importante –murmuró, mientras salía del cuarto de aperos, desesperada por distanciarse un poco. Y mientras se ocupaba de los caballos, se regañó a sí misma en silencio.

Muy bien, su ex lo llamaba por teléfono. Eso era

normal, ¿no? Aun así, se sentía culpable. Sabía que no debería haberse dejado llevar... Richard no era hombre para ella.

Richard Wells era un empresario, un hombre de negocios con un ritmo de vida trepidante... y una ex mujer que lo llamaba por teléfono.

Ella no tenía tiempo para ese tipo de relación. Y no era esa clase de chica. Por supuesto, no era totalmente inocente, pero en lo que se refería a las relaciones sentimentales seguramente era más virgen que nadie. Y, se dijo a sí misma, intentando ignorar un pellizco en el estómago, le gustaba que las cosas fueran así. ¿Cómo se le había ocurrido acostarse con Richard?

Pero sabía lo que había pasado. Había querido ignorar lo que empezaba a sentir por él y reconocer cuánto deseaba verlo cada día. Se negaba a admitir cuánto había agradecido su consuelo el día anterior, después de ese momento horrible en la carpa.

Aunque era una estupidez, se estaba enamorando de Richard Wells y eso era lo último que debía hacer. No podía enamorarse porque ese amor estaba destinado al fracaso. Su encuentro con Richard sólo podría ser eso, un encuentro fortuito. Y cuanto antes se convenciera de ello, mejor.

¿Pero por qué no podía aprovechar el momento?, le preguntó una vocecita. Sólo sería una aventura de verano, desde luego, pero no había razón para no disfrutar de su compañía mientras estuvieran en Siete Robles. Y tan a menudo como quisieran.

# Capítulo Seis

Richard se puso la ropa mojada haciendo un gesto de contrariedad. Nada mejor que eso para volver a la tierra, pensó. Durante unos minutos había creído que la tenía, que por fin había roto las barreras que Catherine había levantado a su alrededor. Pero prácticamente había salido corriendo antes de que pudiese empezar a asimilar lo que había pasado.

Maldita fuese Daniella por elegir precisamente ese momento para llamarlo. Iba a tener que bloquear su número.

Richard suspiró en el silencio del cuarto de los aperos. Lo había hecho todo mal. Había tratado a Catherine como si no fuera nada más que un furtivo revolcón en la paja, por así decir, y él sabía por instinto que era mucho más. Sí, el sexo había sido estupendo, mejor que eso. Pero había algo más, una unión íntima, una entrega que no había sentido nunca.

Debería haberla invitado a salir, debería haberla cortejado, apelar a su naturaleza sensual, hacerle el amor en un sitio lujoso y no en un polvoriento establo.

Y sin embargo, no lamentaba lo que había pasado.

Cuando la oyó murmurar a los caballos tuvo que sonreír, irónico. Seguramente les había dicho más a los caballos aquel día que a él desde que llegó a Siete Robles, pero eso iba a cambiar, decidió. La señorita Catherine Lawson iba a dejarlo entrar en su vida, de una forma o de otra.

Catherine estaba de espaldas cuando se acercó, pero en cuanto notó su presencia se puso tensa. Y, sin embargo, cuando la tomó por la cintura, oh, milagro, se relajó un poco.

—Quiero verte esta misma noche. Deja que te invite a cenar —le dijo al oído.

—Eso me gustaría —respondió ella, apretando su mano.

—Iré a buscarte a las ocho, ¿te parece?

Catherine se volvió para darle un beso en los labios.

—¿Seguro que quieres salir? Podríamos quedarnos en mi apartamento.

Richard sabía lo que le estaba ofreciendo. De hecho, todas las células de su cuerpo entendían lo que había en ese ofrecimiento y respondieron de inmediato, pero él tenía otros planes.

—No quiero esconderte o que pienses que esto es sólo sexo. Tú eres más que eso.

Los ojos azules de Catherine se oscurecieron durante un segundo, pero consiguió esbozar una sonrisa.

—Gracias. Eso es más importante para mí de lo que puedas imaginar, pero ahora tengo que irme.


Había muchísima gente en el Star Room cuando llegaron esa noche. Desde luego, era el sitio para ver y para ser visto. Catherine sentía como si el champán que había tomado durante la cena se le hubiera subido a la cabeza mientras Richard la llevaba a una zona un poco menos abarrotada del club.

Se alegraba de llevar un vestido y zapatos de tacón

porque se habría sentido fuera de lugar en aquel sitio llevando otro atuendo. Además, sabía que el vestido azul noche le quedaba bien y el roce de la tela la hacía sentir mil veces más femenina que la ropa de montar que llevaba todos los días. La expresión de Richard cuando fue a buscarla había dejado claro que le gustaba el cambio y apenas había apartado los ojos de ella mientras cenaban en un restaurante cercano a la finca.

Ni siquiera recordaba lo que habían cenado, en realidad. Estaba tan atenta a sus palabras como él a las suyas.

–¿Quieres una copa de champán? –le preguntó Richard.

–Sí, gracias. Iré contigo a la barra.

–No hace falta, vuelvo enseguida. No te muevas de aquí.

Después de darle un beso en los labios se alejó hacia la barra y ella se quedó mirándolo. Sí, aquel hombre sabía moverse, pensó, sintiendo una involuntaria contracción de sus músculos interiores.

–Me alegra ver que sales a divertirte.

Catherine se volvió, sorprendida, al escuchar la voz de uno de los miembros del equipo de polo, Alejandro Dallorso, que normalmente estaba rodeado de fans.

–Sí, está bien cambiar de rutina de vez en cuando.

–Trabajas demasiado –dijo él, con una sonrisa en los labios.

–Y tú juegas demasiado –replicó Catherine, levantando una ceja.

Alejandro se encogió de hombros.

–Sólo se vive una vez, ¿no?

–Tal vez si «jugases» menos habrías logrado meter más goles esta temporada.

Alejandro era uno de los mejores de su equipo, alguien que jugaba al polo como si fuese lo más fácil del mundo, pero estaba igualmente interesado en jugar fuera del campo.

–¿Y perderme la diversión? ¿Por qué? Estoy satisfecho con los seis goles que he metido esta temporada. Ven, vamos a bailar.

–No, lo siento, Catherine está conmigo esta noche –intervino Richard, que acababa de llegar con dos copas de champán en las manos.

Alejandro levantó las manos en un gesto de rendición.

–Ningún problema. Nos vemos en otro momento, Catherine.


Richard tuvo que contenerse para no decirle que no habría otro momento. Era ridículo sentirse tan celoso, tan posesivo sobre una mujer a la que seguramente no volvería a ver cuando se fuera a Nueva York. Algo primitivo había despertado dentro de él al ver al atractivo argentino con Catherine, pero se obligó a sí mismo a sonreír mientras le ofrecía la copa.

–Por una noche estupenda –brindó.

Y Catherine sonrió, levantando su copa antes de llevársela a los labios.

Ahora que la había probado quería más y tuvo que meter la mano libre en el bolsillo del pantalón para no tocarla. Porque si lo hacía, perdería el control y querría llevarla a casa de inmediato. Y eso no podía pasar porque le había prometido salir a cenar y tomar una copa para demostrar que podía tratarla como se debía tratar a una mujer.

–¿Richard?

–¿Sí?

–¿Quieres bailar? –le preguntó Catherine.

Él miró hacia la pista de baile, llena de gente que se movía al ritmo sincopado de la música.

–No, la verdad es que no me apetece.

–A mí tampoco –dijo ella, poniendo una mano en su brazo–. Llévame a la cama.

Sin esperar un segundo, Richard le quitó la copa de la mano y la dejó sobre una mesa antes de tirar de ella hacia la salida. Recorrieron la distancia entre el club y su casa en unos minutos… minutos puntuados por besos robados a la luz de la luna.

Cuando llegaron al dormitorio, el corazón de Richard latía con tal fuerza que casi podía oírlo. No se molestó en encender la luz, pero Catherine parecía transfigurada al ver la cama iluminada por la luz de la luna.

Sin decir nada, Richard se inclinó hacia delante para besar su cuello. El moño alto dejaba su largo y elegante cuello al descubierto y llevaba toda la noche deseando hacer aquello.

Pero en cuanto rozó su piel se encendió como nunca. Le temblaban las manos mientras las ponía sobre sus hombros para bajar los tirantes del vestido, revelando su preciosa espalda centímetro a centímetro.

No llevaba sujetador, de modo que cuando le quitó el vestido Catherine quedó con un diminuto tanga y las sandalias de tacón. De espaldas a él. Y Richard supo que nunca había visto nada más hermoso.

Deslizó las manos por sus brazos, sintiéndola temblar, y notó que contenía el aliento cuando empezó a trazar la línea del tanga con un dedo.

Tocarla así era un dulce tormento, pero se obligó a sí mismo a ir despacio para hacerla gozar. Catherine echó la cabeza hacia atrás, empujando las nalgas hacia él y tomando sus manos para decirle sin palabras cómo quería que la tocase.

Richard giró la cabeza para besar la columna de su cuello, sintiendo el latido de su pulso, que se había vuelto frenético. Excitado como nunca al verla acariciándose a sí misma, metió una mano entre sus piernas y la encontró húmeda. Dejó que sus dedos se enredasen un momento en los rizos antes de hundirlos en ella y Catherine apretó las nalgas contra él un poco más. Si seguía así, explotaría sin haberse quitado el pantalón, pero él tenía otros planes.

Richard intensificó el asalto a sus sentidos deslizando un dedo húmedo hacia arriba para tocar el prominente capullo, al principio despacio, luego con más presión, hasta notar que estaba al borde del orgasmo. Pero siguió acariciándola, prometiéndole más, prometiéndole el mundo entero.

Catherine temblaba como una hoja, la cabeza apoyada en su hombro, y Richard se sentía poderoso, como si le hubieran otorgado el mayor de los dones: saber que ella era lo único que importaba, que su placer era lo más trascendente.

La tomó en brazos para llevarla a la cama, dejándola con cuidado sobre el edredón, y le quitó las sandalias, besando el empeine de cada pie. Y después, ciego de deseo, se quitó la camisa de un tirón, sin darse cuenta siquiera de que rompía algunos botones. Un segundo después estaba desnudo, sobre ella. Sobre Catherine.

*** 

Catherine se incorporó para ponerse de rodillas sobre la cama. Sólo podía ver la silueta de Richard gracias a la luz que entraba por la ventana, pero sentía que la miraba. La había llevado a uno de los orgasmos más potentes de su vida y sin embargo allí estaba, deseándolo de nuevo, deseando que la llenase y se convirtiera en una parte de ella otra vez.

Richard abrió un cajón de la mesilla para sacar un preservativo y saber que tampoco él podía esperar más la hizo sentir poderosa y tremendamente femenina.

Catherine alargó una mano para tocarlo. Su piel era suave, sus músculos poderosos y marcados, tan masculinos. Cuando levantó la cara, Richard la besó, su boca posesiva, sus lenguas enredándose en un baile más sensual que cualquier baile en el Star Room.

Catherine le echó los brazos al cuello y, mientras le quitaba las horquillas del pelo, sintió una especie de descargas eléctricas en la piel. Nunca había sido así con ningún otro hombre, nunca había querido ser parte de nadie como le pasaba con Richard. El sentido común, las diferencias entre ellos, el instinto de supervivencia, todas esas cosas desaparecían mientras caían en la cama, mientras el cuerpo de Richard cubría el suyo. Y cuando levantó los brazos sobre su cabeza y se deslizó dentro de ella, Catherine supo que por mucho que no quisiera, una parte de su corazón siempre sería de Richard Wells.

# Capítulo Siete

Le sorprendía que el jeque hubiera insistido tanto en que se tomara un día libre en medio de la competición, pero era su día libre y debería ir a la playa a nadar un rato en lugar de beber champán y hacer equilibrios sobre unos zapatos de tacón, pero en las dos últimas semanas había descubierto que le resultaba imposible alejarse de Richard. No podía dejar de pensar en él durante el día y durante gran parte de la noche tampoco.

Pero cuando él insistió en que lo acompañase a la carpa de los VIPS para disfrutar de la competición como espectadora, Catherine vaciló. Aunque quería estar con él, sabía que de vez en cuando debería crear cierta ilusión de independencia. Al menos, hacerlo pensar que no vivía para verlo.

Los últimos días habían sido muy intensos y se habían dejado llevar por la atracción que sentían el uno por el otro, olvidándose de todo lo demás. Aunque durante el día ella estaba ocupada con los caballos y sus tareas normales, por las noches se dedicaba a descubrir el cuerpo de Richard. Y en esos días, durante una merienda en la playa, una tranquila cena en su apartamento o incluso durante una excursión por Suffolk, había descubierto muchas cosas sobre él.

Y cuando le dijo que no iría con él al partido, Richard sencillamente se negó a aceptar una negativa.

Incluso le dijo que había hablado con su jefe y el jeque estaba de acuerdo en que fuera su acompañante.

Su acompañante. Era una palabra inocua que podría significar tanto… o tan poco.

Catherine sabía que sólo estaría en la sociedad de los Hampton durante un mes y sí, siendo realista, tal vez lo vería alguna vez cuando volviese de Nueva York para la final del torneo Clearwater. Pero poco a poco la atracción desaparecería y, al final, dejarían de verse. Le dolería, pero habría merecido la pena pasar esos días con él.

Catherine miró a la gente que bebía y reía en la carpa de los VIPS. Había gente de todo tipo, pero tenían algo en común: dinero. Y eso era algo con lo que ella nunca podría competir. De modo que lo pasaría bien mientras estuviera con Richard y luego, de alguna forma, encontraría la manera de decirle adiós cuando terminase aquel idilio.

Un hombre mayor se acercó a ella entonces. No lo conocía, pero había algo muy familiar en su rostro.

—Una mujer tan guapa como usted nunca debería estar sola —le dijo.

Catherine sonrió. Era evidente que no estaba intentando conquistarla, sólo era una frase amable. En el glamuroso mundo del polo no era anormal que se formaran relaciones esporádicas entre extraños.

—¿Cómo puede uno estar solo en un sitio tan lleno de gente? —bromeó Catherine, tomando un sorbo de champán.

—Le sorprendería saber lo solo que se puede sentir alguien incluso estando en compañía —dijo el hombre—. Pero detecto cierto acento… ¿australiana?

—No, de Nueva Zelanda. Aunque hace mucho tiempo que no voy por allí.

—¿Algún problema en casa?

—No, no era un problema mío, pero he preferido alejarme. Además, trabajar con caballos es lo que más me gusta y habría sido una tontería no aprovechar la oportunidad de trabajar con los del jeque.

—Sí, siempre es buena idea hacer lo que a uno le dicta el corazón, aunque a veces hay que pagar un precio muy alto.

Catherine vio a Richard dirigiéndose hacia ellos con expresión airada. Pero no podía estar celoso, pensó. Después de lo que pasó en el Star Room la otra noche se había dado cuenta de que no quería compartirla con nadie, pero no podía estar celoso de un hombre tan mayor. Era ridículo.

—¿Todo bien, Catherine?

—¿Y por qué no iba a estar bien? —replicó el hombre, con tono desafiante.

—¿Te está molestando?

—No, por favor —dijo ella, sorprendida. ¿Qué demonios pasaba allí?

—Ven, vámonos.

Sin tener la deferencia de despedirse, Richard la tomó del brazo para llevarla hacia las gradas y Catherine lo miró, enfadada. Tal vez había llegado el momento de poner ciertas reglas, empezando por recordarle que no podía decirle lo que tenía que hacer.

—La verdad es que no me apetece mucho estar contigo en este momento —le dijo, soltando su brazo.

—Te aseguro que ese hombre no era buena compañía.

—¿Y tú cómo lo sabes? Ni siquiera has hablado con

él. Y, por cierto, ¿desde cuándo eres mi guardián? No tienes derecho a decirme con quién debo hablar y con quién no.

Catherine se quitó los zapatos y empezó a caminar hacia su apartamento, indignada.

—¡Espera un momento!

Pero ella no se detuvo hasta que la tomó del brazo. Debería haber sabido que iba a seguirla.

—Déjame en paz. Ahora mismo estoy demasiado enfadada como para hablar contigo.

—Lo siento, tienes razón. No debería haberme portado así.

Catherine se detuvo. Una disculpa. No había esperado eso. Los hombres como él no solían disculparse.

—Muy bien, de acuerdo, acepto la disculpa. Pero sigo enfadada.

—Mira, ¿por qué no dejas que te invite a cenar? Así podré explicártelo.

Ella lo pensó un momento.

—De acuerdo. Pero prométeme una cosa.

—¿Qué?

—Que no volverás a enfadarme hasta que hayamos terminado de cenar.

Su risa le calentó el corazón. No quería enfadarse con Richard por nada del mundo porque sabía que les quedaba muy poco tiempo, de modo que dejó que la besara y le devolvió el beso con una pasión que no dejaba duda alguna sobre si lo había perdonado.


Poco después subían al coche de Richard, un deportivo último modelo con suaves asientos de cuero y un salpicadero que parecía el de un avión.

–¿Dónde vamos? –le preguntó.

–A la bahía Noyack, hay un restaurante estupendo allí. Te gusta el pescado, ¿verdad?

–Sí, me encanta.

Richard estaba en lo cierto al decir que el restaurante era estupendo. La comida era deliciosa, la decoración muy elegante y la compañía... bueno, la compañía estaba decidida a que ella lo pasara bien. En realidad, Richard era un hombre tan atento, tan considerado, que le parecía imposible que hubiera sido grosero con el extraño.

El contraste era un poco desconcertante y, aunque temía romper la burbuja de intimidad en la que parecían estar envueltos, tenía que saber por qué se había portado así.

Catherine se echó hacia atrás en la silla y miró la bahía por los ventanales del restaurante antes de mirar a Richard.

–Dime por qué has sido tan antipático con ese pobre señor. Te has portado como...

–¿Como si no pudiera soportarlo? –la interrumpió él.

–Sí, así es. Sólo estábamos charlando y era muy agradable. ¿Por qué te has portado así con él?

–Es mi padre.

La copa que Catherine tenía en la mano cayó al suelo, el estruendo de cristal llamando la atención de los demás clientes. Como de la nada, dos empleados aparecieron de inmediato para barrer los cristales y llevarle otra copa.

Cuando por fin volvieron a quedarse solos, Catherine lo miró, perpleja. ¡Su padre! ¿Y lo trataba así?

–¿Por qué...? –no sabía qué decir–. ¿Qué ha podido pasar para que odies a tu padre de ese modo?

En realidad, no sabía si lo odiaba. Más bien lo había despreciado. El hombre se había dirigido a él, pero Richard no lo había mirado siquiera... como si no existiera.

—Es muy complicado.

—Tenemos tiempo y estoy escuchando.

Richard suspiró, mirándola como si estuviera decidiendo hasta dónde podía contarle, y Catherine se encontró conteniendo el aliento.

—Debes saber algo sobre mi padre antes de que siga adelante —empezó a decir él entonces, haciéndole un gesto al camarero—. Café, por favor.

Catherine esperó pacientemente hasta que el camarero volvió con los cafés y cuando se quedaron solos de nuevo se llevó la taza a los labios, sin dejar de mirarlo.

—La familia de mi padre es de Irlanda. Mi bisabuelo era impresor de oficio, pero se convirtió en sospechoso de imprimir lo que se llamaba entonces «propaganda sediciosa». La familia tuvo que irse del país con tal rapidez que sólo pudieron llevarse algo de ropa. Cuando llegaron a Estados Unidos no tenían nada y a mi bisabuelo no le resultó fácil encontrar trabajo enseguida. Pero por fin encontró un puesto en una imprenta y, con el tiempo, logró abrir su propia empresa. Mi abuelo la convirtió en un periódico y cuando mi padre se unió al negocio familiar el periódico se vendía en todo el mundo.

—Pues es un logro en sólo tres generaciones —dijo Catherine.

Richard asintió con la cabeza.

—Desde luego que sí, especialmente sabiendo cuántos negocios fracasaron debido a las crisis económicas, las guerras, incluso algo tan simple como una mala circulación.

–¿Y por qué no seguiste tú los pasos de tu padre?

Para ella estaba claro que ése era el problema.

–Porque es un hombre muy terco que nunca quiso saber nada sobre mis ideas de expansión. Cuando estaba en la universidad yo tenía muchas ideas, pero él no quiso escucharme. Decía que no tenía experiencia y que debía demostrar mi valía antes de nada. Y yo le dije que seguía en la Edad Media y que podía meterse la empresa donde quisiera.

–Richard…

–Yo había crecido con la tinta corriendo por mis venas y pasaba las vacaciones trabajando en diferentes departamentos del periódico, de modo que sabía de lo que hablaba. Y sabía también que, si no hacíamos algo pronto, Wells e Hijo acabaría por hundirse.

–¿Y cómo se lo tomó cuando le dijiste que podía meterse la empresa donde quisiera?

Richard dejó escapar un largo suspiro.

–Se rió de mí. Me dijo que la puerta estaba abierta y que tenía que crecer mucho antes de poder trabajar para él.

–¿Y qué hiciste?

–Terminar la carrera. Me gradué *summa cum laude*, creé Clearwater Media con Seb y le demostré a mi padre que sabía lo que estaba haciendo.

–¿Y no has vuelto a hablar con él desde entonces?

–No.

–Pero imagino que lo echarás de menos.

–Mira, todo esto es agua pasada. Lo importante es que Clearwater se ha convertido en una de las empresas de comunicación más importantes del país. Tiene unas bases muy sólidas y aún nos queda mucho por hacer, así que seguiremos aquí durante generaciones.

—¿La empresa de tu padre se ha hundido como tú pensabas?

Richard rió, pero en su risa no había humor alguno.

—No, claro que no. El viejo es demasiado listo. Por lo visto, también él tenía intención de ampliar el negocio, pero estaba eligiendo cuidadosamente a su equipo… en el que nunca pensó incluirme.

El dolor que había en esa frase le rompió el corazón. Aquella pelea debía de haber sido muy dolorosa para lo dos, aunque por diferentes razones. Y, evidentemente, los dos eran demasiado orgullosos como para hacer las paces.

No perdonaba lo que Richard había hecho, pero siendo joven era normal que se hubiera mostrado tan seguro de sí mismo. Ella misma lo había visto muchas veces con jóvenes mozos que creían saberlo todo sobre los caballos cuando en realidad no sabían nada. Pero el padre de Richard tampoco se había portado bien. Aunque seguramente el éxito de su hijo se debía a esa pelea. Richard se había esforzado tanto por triunfar para demostrarle a su padre que podía hacerlo sin él.

Su dolor y su decisión de triunfar lo hacían el hombre que era. Y, aunque no había sitio en su mundo para ella, Catherine no podía evitar amarlo.

—De modo que eso es lo que hay —dijo él entonces, como si con eso diera por terminada la conversación—. ¿Qué te apetece hacer durante el resto de la noche?

# Capítulo Ocho

Richard apoyó la cabeza en la almohada, con el corazón acelerado, aún temblando por los espasmos del orgasmo. Daba igual cómo hicieran el amor o cuán a menudo, el resultado siempre era el mismo: una sensación de felicidad, de estar completo.

Pero no estaba preparado para eso. ¿Acababa de conseguir el divorcio de Daniella y ya pensaba que Catherine era la mujer de su vida?

Si sus amigos supieran lo que estaba pensando, dirían que se había vuelto loco. Pero no había otra manera de definir lo que sentía por ella.

Catherine estaba tumbada a su lado, con una pierna sobre las suyas, la cabeza sobre su corazón. ¿Sabría que latía por ella? ¿Entendería que cada día era más importante para él? Aunque no estaba preparado para nada permanente, y tal vez no lo estaría nunca, no podía negar que Catherine despertaba lo mejor de él.

Y, a cambio, quería ser el hombre que la hiciera sonreír y suspirar de placer. Aunque aquel día no se había mostrado muy feliz. A pesar de la explicación que le había dado sobre la relación con su padre, ella había seguido seria durante el resto de la noche.

Y al recordar esa conversación se sintió incómodo, preguntándose qué pensaría ella sobre el asunto. La persona que le había descrito era un hombre muy joven y obstinado, totalmente apasionado sobre lo que creía su causa. El enfado con su padre lo había empujado a triunfar, a negarse a aceptar el fracaso y seguramente debería darle las gracias por ello.

No había sido su padre quien rompió con él, sino al revés. Podría haber dejado de pagarle la carrera, por ejemplo, pero no lo hizo. No, al contrario, había dejado que se hiciera su propio camino.

Pensándolo ahora, Richard dudaba que él mismo se atreviera a contratar a una persona tan joven e inexperta para un puesto de dirección. Y, por mucho que le doliese admitirlo, su padre había hecho bien en decirle que no.

La distancia que se había creado entre ellos desde entonces había sido más culpa suya que de su padre, ¿pero cómo iba a rectificar la situación después de tantos años de amargura? Los dos eran igualmente testarudos y había sido más fácil seguir alejados que intentar solucionar el problema...

Catherine levantó la cabeza entonces, interrumpiendo sus pensamientos.

−¿Estás bien?

−Sí, estaba pensando...

−Cosas buenas, espero.

−Buenas y malas.

−¿Quieres contármelo? −preguntó ella, poniendo una mano sobre su pecho.

−No, no importa. Ademas, prefiero hablar de ti. Nunca me cuentas nada sobre ti.

−No hay mucho que contar.

−Bueno, empieza por contarme qué esperas del futuro. ¿Cuál es el futuro para Catherine Lawson?

−Ah, muy fácil: quiero tener mi propio establo. En

principio para enseñar a montar a niños con medios económicos, pero algún día me gustaría ampliarlo y dar clases a niños de barrios marginados. Es lo que siempre he querido hacer. Hay tantos niños desesperados por sentirse queridos, por sentir que alguien se ocupa de ellos... y los caballos serían maravillosos para eso. Así que ése es mi plan. Cómo voy a conseguirlo, no tengo ni idea.

–¿Por qué no empiezas buscando un patrocinador? Hay muchas empresas dispuestas a soltar dinero para algún proyecto benéfico con tal de ahorrarse impuestos.

–No es tan fácil –dijo Catherine.

–¿Lo has intentado?

–No –admitió ella.

–¿Y por qué no lo has intentado?

–Tú no lo entenderías.

–Prueba a ver –dijo Richard–. Puede que te sorprendas. Además, yo tengo muchos contactos.

–¿Recuerdas lo que ocurrió la semana pasada, cuando esas mujeres dijeron esas cosas sobre mí?

–Sí, lo recuerdo –asintió él–. Tenía que ver con tu padre, ¿verdad?

Catherine asintió con la cabeza.

–Mi padre empezó siendo jugador de polo. No era de los mejores porque carecía de espíritu competitivo, pero era muy bueno con los caballos.

–Como tú.

–Yo no soy ni la mitad de buena que él. Tenía una reputación fabulosa en todas partes. Mi madre se limitaba a relacionarse con la gente del circuito… le encantaba ser la esposa de Del Lawson.

Catherine se quedó callada un momento y Richard

esperó pacientemente que continuase. Pero, por lo tensa que la notaba, no iba a contarle nada agradable.

—Yo tenía quince años cuando ocurrió. Un cliente le ofreció trabajar para un equipo recién creado en Nueva Zelanda y él estaba emocionado. Era un grupo de buenos jugadores, buenos caballos, un patrón que tenía todo el dinero y los medios que hicieran falta… era una oportunidad estupenda, pero al final no fue tan buena como él había pensado.

—¿Qué pasó?

—El patrón drogaba a los caballos. En el equipo había un veterinario que les inyectaba un cóctel de drogas para que rindieran más… mi padre no tenía ni idea, él creía que era el suplemento de vitaminas que se usa en todas partes. Un día, durante un torneo, uno de los caballos cayó al suelo fulminado y murió de un infarto. Los otros mostraban señales de un nerviosismo exagerado, no se los podía controlar… —Catherine suspiró, entristecida—. Mi padre hizo lo que pudo, pero ya era demasiado tarde. La organización del torneo pidió una investigación y, por supuesto, todo el mundo señaló a mi padre con el dedo. Y cuando no pudo demostrar que no tenía nada que ver, su reputación quedó dañada para siempre. Nadie quiso volver a contratarlo.

—¿Pero los organizadores no habían pedido una investigación?

—Sí, pero mi padre era el encargado de los caballos y, supuestamente, sólo él podía decidir lo que comían o los suplementos que tomaban. Nadie quiso creer que había sido cosa del dueño y del veterinario. Mi padre se llevó la culpa y, al final, eso lo mató.

Richard se dio cuenta de que estaba llorando y se

sintió impotente. Le gustaría ayudarla, pero sabía que no podía hacer nada.

–¿Qué pasó después, Catherine?

–Mi madre estaba horrorizada y se distanció de mi padre, como si el pobre fuese culpable de verdad. Se marchó a Australia con otro hombre incluso antes de que se hubieran divorciado… yo me quedé con mi padre porque no podía dejarle solo, pero empezó a beber...

Richard acarició su pelo, enternecido.

–Sigue, cariño.

–Cuando yo tenía dieciséis años conseguió trabajo en un rancho en el que no sabían nada del asunto, pero un día un amigo del propietario lo reconoció… y a partir de entonces ya nadie lo miraba de la misma forma. Una noche, bebió más de la cuenta, subió a un caballo y se perdió por el campo. El animal volvió solo poco después, pero la policía tardó dos días en encontrar a mi padre. El forense dijo que había muerto de frío y los rumores decían que se había suicidado, pero yo sé que murió porque tenía el corazón roto.

–¿Y has tenido que soportar rumores como el del otro día… gente hablando mal de tu padre?

–Muchas veces –Catherine suspiró–. ¿Quién va a confiar en la hija de un hombre que provocó tal escándalo? Han pasado doce años, pero aún se recuerda. Cuando era más joven quise limpiar el nombre de mi padre, pero el tiempo pasaba y un día me di cuenta de que iba a ser imposible.

–Pero el jeque Adham confía en ti.

–Sí, la verdad es que he tenido mucha suerte. Poco después de la muerte de mi padre yo conseguí un trabajo como ayudante en una cuadra en Clevedon y el jeque estaba allí. Un perro abandonado asustó a uno de los caballos, que salió galopando… yo conseguí detenerlo y calmarlo antes de que se hiciera daño y el jeque me ofreció un puesto en sus cuadras. En Nueva Zelanda no me quedaba nada, así que acepté.

—¿Qué fue del propietario de los caballos y del veterinario que los drogaba?

—Siguen por ahí, pero no están en la primera liga de polo así que no he vuelto a encontrarme con ellos.

—Pero imagino que seguirán haciendo lo mismo.

—No tengo ni idea.

—Seguro que no sería difícil descubrirlo.

Catherine suspiró.

—Probablemente no, pero ésa ya no es mi pelea. Pensé que podría limpiar el nombre de mi padre, pero me di cuenta hace un par de años de que iba a ser imposible. Yo no tengo medios económicos para meterme en un juicio… además, debo concentrarme en mi sueño de tener un establo. El jeque me paga bien y yo ahorro todo lo que puedo, así que algún día podré pedir un préstamo. Eso es lo más importante.

Richard acarició su pelo, pensativo.

—Te comprendo.

—Haría lo que fuese por volver a tener a mi padre —murmuró Catherine entonces—. Y sé que tú has tenido diferencias con el tuyo, pero sólo se tiene un padre y yo… intuyo que lo echas de menos. No pierdas más tiempo porque cuando muera ya no podrás solucionar las cosas, hazme caso.

¿Echar de menos a su padre? Debía de decirlo de broma, pensó Richard.

Pero, por mucho que no quisiera reconocer la verdad, Catherine estaba en lo cierto.

Mientras volvía a su casa, Richard pensó mucho en lo que Catherine había dicho. En realidad, le había abierto los ojos. Su actitud hacia su padre debía parecerle estúpida a cualquiera después de tantos años. Además, en realidad su padre le había hecho un favor al no acceder a sus demandas.

Richard se pasó una mano por el pelo, inquieto. ¿Por qué tenía la vida que ser tan complicada?

Catherine daría lo que fuera por volver a ver a su padre una vez más y el cáncer del padre de Seb era como una espada de Damocles para sus hijos… y él estaba dejando que su orgullo y su testarudez le robasen al único padre que iba a tener nunca.

No había respuestas fáciles para nada en la vida, pero estaba seguro de una cosa: lo que ocurrió entre ellos era el pasado. Ahora era un adulto y parte de lo que era se lo debía a sus errores.

Había aceptado todo lo que le daba su padre, una posición privilegiada, una carrera en la mejor universidad, dándolo por sentado, pero jamás se le había ocurrido devolverle nada. Y la idea de perderlo sin haberle pedido disculpas, sin haberse molestado en hacer las paces, era como un cuchillo en su corazón.

Con cada paso que daba hacia la casa su resolución era más firme: hablaría con su padre ese mismo fin de semana. Le pediría disculpas por haber sido tan obstinado y, con un poco de suerte, podrían empezar de cero.

Catherine le había abierto los ojos y debería darle las gracias por ello.

# Capítulo Nueve

Había sido una semana muy ajetreada. El esfuerzo de equilibrar las exigencias de su trabajo y las noches con Richard la golpeó con toda su fuerza esa mañana y Catherine tuvo que hacer un esfuerzo para levantarse de la cama.

Se ocupó de sus tareas habituales como pudo, pero a la hora de comer lo único que deseaba era irse a la cama. Y había alguna esperanza, ya que el partido empezaría a las cuatro.

Las cosas con Richard habían sido diferentes esa semana. Él había sido diferente, aunque su ex mujer no dejaba de llamarlo por teléfono. Había visto el nombre de Daniella en la pantalla de su móvil varias veces y, a pesar de todo, eso la hacía sentir incómoda.

En ese momento lo vio a lo lejos y, como siempre, su corazón dio un vuelco. Pero, aunque lo saludó con la mano, Richard no pareció verla.

O tal vez estaba evitándola.

Catherine intentó no sentirse herida, pero estaba demasiado enamorada como para que el desprecio, real o imaginado, no le doliese. Si no estaba buscándola, era evidente que las cosas empezaban a enfriarse entre ellos.

¿Sería mejor cortar por lo sano?, se preguntó entonces. Sólo quedaban unos días antes de que Richard tuviese que volver a Nueva York... pero su corazón se rebelaba. No, seguiría con él hasta el último momento y guardaría los recuerdos para tener algo en lo que apoyarse mientras se concentraba en intentar hacer realidad su sueño. Tal vez había llegado la hora de hablar con el director del banco para ver si le daban un préstamo.

Estaba segura de que tendría que mantenerse muy ocupada para olvidar a Richard y lo que había significado para ella.

Él estaba buscando a alguien, se dio cuenta entonces. Alguien que no era ella. Y cuando vio que se ponía tenso supo que lo había encontrado... ¡su padre! Richard había ido a hablar con su padre.

Emocionada, se llevó una mano al corazón. Estaba demasiado lejos como para oír lo que decían, pero ver que Richard le daba un abrazo hizo que sus ojos se llenaran de lágrimas.

Los dos hombres se quedaron hablando durante largo rato y Catherine tuvo que apartar la mirada. Richard había hecho un esfuerzo monumental para arreglar las cosas con su padre y no podía dejar de pensar que ella había tenido algo que ver.

Sólo cuando acabó el primer tiempo volvió a buscar a Richard con la mirada. Seguía con su padre y estaban hablando sin mirar el campo siquiera. De nuevo, se emocionó. Estaba loca por él, debía admitirlo de una vez.

Dos chicas de la zona a las que había contratado como ayudantes de los mozos se acercaron a la cerca en ese momento.

—Ése es Richard Wells, ¿verdad? —preguntó una de ellas.

—Sí —contestó la otra—. Y creo que acaba de divorciarse. Una pena que sea demasiado mayor para nosotras. Es guapísimo y multimillonario.

–Por lo que he oído en la carpa, no está en el mercado.

Catherine aguzó el oído. Aunque no habían mantenido en secreto su relación, tampoco habían salido en público a menudo. ¿Estarían las dos chicas hablando de ella sin saberlo?

–¿Está saliendo con alguien? –preguntó la primera.

–No, he oído que sigue casado y que, por lo visto, su ex mujer quiere que vuelvan a intentarlo.

Catherine se quedó inmóvil, un sudor frío recorriéndola de arriba abajo.

¿Richard seguía casado?

Ahora entendía que su ex mujer lo llamase tantas veces…

Ella no salía con hombres casados, era una de sus reglas de oro. Había visto cómo su padre sufría cuando su madre se marchó a Australia con otro hombre y no pensaba hacerle eso a otra mujer.

Qué tonta era, pensó entonces. Nunca debería haberse enamorado de Richard Wells.

Estuvo trabajando durante el resto de la tarde y cuando Richard le envió un mensaje al móvil contestó diciendo que estaba muy cansada y se iba a dormir. Y cuando él aceptó la excusa no sabía si sentirse contenta o decepcionada. ¿Sería un alivio para él poder estar solo una noche? ¿Significaba eso que estaba dispuesto a decirle adiós?


Richard tiró el móvil sobre la cama, frustrado. Ocurría algo raro, estaba seguro. Era la cuarta vez esa semana que Catherine se negaba a verlo y aún no le había dado una explicación razonable.

La echaba de menos como un loco, aunque no había querido admitir lo importante que era para él. Supuestamente, aquello era una aventura de verano para volver a acostumbrarse a ser un hombre soltero, pero se había convertido en algo más.

Y su comportamiento lo dejaba perplejo. Catherine se mostraba amable pero distante y, aunque pareció alegrarse cuando le contó que había solucionado los problemas con su padre, no dijo nada más. No le hizo ninguna pregunta, no lo animó… nada de lo que él había esperado.

Y esa distancia le dolía de verdad.

Intentó racionalizarlo, convencerse a sí mismo de que estaba cansada y aprovechaba para dejarlo solo con su padre, pero ni siquiera él podía creerlo.

Richard empezó a pasear por la habitación, inquieto. Era como si hubiera vuelto a ser la Catherine que se negaba a salir con él, reservada y distante, rechazándolo. Algo había ocurrido para que cambiase de ese modo, estaba aseguro. ¿Pero qué podía ser?

Entonces sonó su móvil y, pensando que había cambiado de opinión, se apresuró a contestar. Pero el nombre que vio en la pantalla destrozó sus esperanzas. Era Sebastian.

—Hola, Seb.

—No te he visto mucho últimamente, amigo. ¿Va todo bien?

—Sí, sí… es que he estado ocupado, pero esta noche estoy libre. ¿Tomamos una copa?

Una hora después, los dos hombres estaban tomando un coñac en casa de Sebastian.

–¿Has seguido mi consejo? –le preguntó Seb mientras tomaba un sorbo de coñac.

–¿El de buscar una mujer? –murmuró Richard, intentando sonreír–. Un caballero nunca habla de sus conquistas.

Sebastian sonrió mientras levantaba su copa.

–Me alegro por ti. ¿Te ha servido de algo?

¿Le había servido de algo?, se preguntó Richard. Lo había ayudado a olvidar su divorcio… ¿pero le había servido de algo? Richard movió el líquido en su copa, pensativo, recordando a Catherine por la mañana, con el pelo extendido sobre la almohada, el brillo de sus ojos cuando hacían el amor, cuando se entregaba a él con total abandono.

–¿Richard?

–Creo que me he enamorado.

Decirlo en voz alta hizo que sintiera un escalofrío.

–¿Estás seguro? –le preguntó Sebastian.

–Sí, lo estoy. Sé que he pasado por esto antes, pero ahora es diferente. Ella es diferente.

–¿Y ella siente lo mismo que tú?

–No lo sé. Ahora mismo está haciendo todo lo posible para evitarme.

–Tal vez lo haga para picarte.

–No, Catherine no haría algo así. Ella no juega con la gente.

–¿Catherine? ¿Te refieres a Catherine Lawson?

Richard asintió con la cabeza.

–Bueno, desde luego es diferente a Daniella. De hecho, yo diría que son completamente opuestas.

–Lo sé –admitió Richard–. Yo pensaba que sería sólo una aventura, pero se ha convertido en algo más. Catherine es una persona maravillosa… incluso me convenció para que hiciera las paces con mi padre.

—Eso es genial. Y debe de ser estupenda de verdad si te ha convencido para que dieras ese paso —dijo Sebastian.

—Es asombrosa. Me hace ver las cosas, a mí mismo en concreto, desde una perspectiva diferente.

—Bueno… —Sebastian se levantó para tomar la botella de coñac—. Pues eso se carga los rumores que vuelan últimamente por la carpa.

—¿Qué rumores?

—Que tu divorcio no estaba finalizado y que aún era posible una reconciliación entre las partes.

Richard soltó una carcajada.

—¿Y de dónde ha salido eso?

—Ya sabes cómo empiezan estas cosas: alguien lo suelta y, de repente, todo el mundo se hace eco.

Richard miró a su amigo, pensativo. ¿Sería posible que Catherine hubiera escuchado esos rumores? ¿Sería ésa la razón por la que estaba evitándolo?

—¿Y se puede saber cuándo han empezado esos rumores?

—Hace un par de días. A mí me lo contó mi hermana… y luego se ofreció a pagar ella misma por el sicólogo porque decía que te habías vuelto loco.

Tenía sentido. Si Catherine había escuchado esos rumores era lógico que hubiese intentado distanciarse. Ella era una persona muy honesta, su sentido de lo que estaba bien y lo que estaba mal algo completamente natural para ella.

Y debía convencerla de que los rumores eran totalmente inciertos.

# *Capítulo Diez*

Catherine estaba tan cansada que subía a su apartamento arrastrando los pies. Aquél había sido un día particularmente difícil. Uno de los caballos había sufrido una lesión y el jeque no estaba nada contento. Y, para acabar de arreglarlo, un par de chicas que ayudaban en el establo se habían peleado por un jugador británico y ella había tenido que intervenir antes de que llegasen a las manos.

La idea de meterse en la cama y dormir hasta la mañana siguiente era lo único que le apetecía en aquel momento. Pero la realidad, y ella lo sabía, sería muy diferente. Había tomado la decisión de no volver a ver a Richard y le pesaba el corazón. Por mucho que lo intentase, no podía dejar de pensar en él.

Pero había soportado cosas peores, se dijo a sí misma, y había sobrevivido. Sabía desde el principio que aquella relación no iba a durar, de modo que era ridículo haberse enamorado de él de esa manera.

Pero cuando iba a entrar en su apartamento vio una sombra en el rellano y se le encogió el corazón al ver a Richard.

–Tenemos que hablar –fue todo lo que dijo.

–Sí, claro –murmuró ella, intentando armarse de valor.

Podía hacerlo, se dijo. Podía decirle adiós. Evidentemente, era por eso por lo que estaba allí, para contarle la verdad sobre su divorcio, para decirle «gracias por los recuerdos, pero voy a seguir adelante con mi vida».

–¿Un día difícil? –le preguntó mientras intentaba meter la llave en la cerradura.

–Sí, bueno, estoy un poco cansada.

Una vez dentro del apartamento, Catherine se volvió para mirarlo.

–¿Quieres un café?

–No, gracias.

–¿Quieres sentarte? –le preguntó, nerviosa.

–No.

A pesar de todo lo que se había dicho a sí misma sobre el fin de su relación, saber que no iba a volver a verlo la angustiaba. Quería que le dijese adiós y se marchase de inmediato, cuanto antes, para poder llorar a solas.

–¿Por qué te has negado a verme estos días, Catherine?

Esa pregunta la sorprendió. Pensaba que se alegraría de que hubiera mantenido las distancias…

–He estado muy ocupada, ya lo sabes. ¿Qué tal las cosas con tu padre?

–No vas a distraerme –dijo Richard entonces–. Dime la verdad. Me debes eso al menos.

–Yo… no me gusta despedirme de la gente y pensé que así sería más fácil.

–¿Despedirte? ¿Por qué crees que yo quiero despedirme?

–Bueno, sé que tienes que volver a Nueva York, a tu trabajo, a tu otra vida.

«A tu mujer».

–¿Y crees que no quiero volver a verte, que puedo

marcharme así, como si no hubiera pasado nada? –le preguntó Richard, tomando su mano.

–Mira, yo sabía que esto tenía que terminar tarde o temprano. Se supone que era una aventura, algo temporal. Los dos sabíamos que iba a terminar.

–No tiene por qué terminar, Catherine.

–Sí, Richard. Yo no quiero entrometerme en tu vida y…

–¿Por qué crees que vas a entrometerte? –la interrumpió él–. Tú vas a estar aquí todo el verano y yo podría venir los fines de semana. No podríamos vernos todos los días, pero imagino que podremos soportarlo, ¿no?

–¿Y tu mujer? –le preguntó Catherine–. ¿Ella no tiene nada que decir al respecto?

–He pagado mucho dinero para que mi ex mujer no tuviera nada que decir sobre mi vida –respondió él, tomando su cara entre las manos–. Era un rumor estúpido, Catherine. ¿Crees que yo te haría algo así? Creí que me conocías mejor.

Ella lo miró, perpleja.

–No sabía qué pensar. Daniella te llamaba constantemente… además, tú sabes cómo es este mundo nuestro: la gente va y viene y las aventuras amorosas son exactamente eso, aventuras temporales que duran lo que dura un campeonato.

–Yo no soy así –dijo Richard entonces–. Te quiero y no podría dejar de verte por nada del mundo. Vine aquí de vacaciones para olvidarme de todo, pero no esperaba encontrarte a ti, encontrar el amor. Intentaba engañarme a mí mismo diciendo que sólo era algo temporal porque acabo de pasar por un amargo divorcio que dio por terminado un igualmente amargo matrimonio. Lo último que esperaba era encontrar a la persona con la que quiero pasar el resto de mi vida.

–Pero… lo que hay entre nosotros no puede ser real. Vivimos en mundos diferentes…

–A mí me parece muy real. Admito que me casé con Daniella de forma apresurada y lo lamento muchísimo porque no fue justo para ninguno de los dos. Pero esto… –Richard buscó su labios– esto es mucho más importante.

–¿Cómo puedes estar tan seguro? –insistió Catherine, con voz temblorosa–. Admites que te casaste de manera apresurada y que tu matrimonio fue un fracaso, pero y nosotros apenas nos conocemos. La primera semana me negué a salir contigo y luego… la gente no se enamora tan rápidamente, no puede ser.

–Yo me he enamorado de ti –insistió Richard–. No hemos pasado mucho tiempo juntos, pero tenemos el resto de nuestras vidas para descubrir que estamos hechos el uno para el otro.

–Pero lo único que tenemos en común es la atracción que sentimos el uno por el otro y eso no es suficiente. Yo quiero algo más, necesito algo más. Una vez lo perdí todo, a mi padre, mi casa, mi madre… no estoy dispuesta a pasar por eso otra vez.

–¿De verdad crees que somos tan diferentes? Los dos queremos lo mismo: un hogar, una familia, un futuro feliz. Con Daniella nunca miré hacia delante, pero contigo quiero hacerlo. Quiero un futuro contigo a mi lado, Catherine.

Ella sacudió la cabeza, incrédula. Pero no podía negar cuánto deseaba que Richard hablase de corazón, que aquello fuese verdad.

–Tenemos que intentarlo –siguió él–. Sé que tú

necesitas seguridad... pues bien, deja que te demuestre que siempre estaré a tu lado. Podemos ir despacio, vernos durante los fines de semana y siempre que encuentre un momento libre. Haré lo que pueda para venir a verte, Catherine, aunque para eso tenga que venderle mi parte del negocio a Sebastian…

–¡No! Ni lo pienses siquiera. Te encanta tu trabajo y te has esforzado mucho para llegar donde estás.

–Pero te quiero más a ti. Me esforcé mucho para levantar Clearwater porque quería demostrarle a mi padre que se había equivocado, pero al final lo único que he demostrado es que tenía razón. Y tal vez es demasiado pronto para nosotros, pero no puedo pensar que no vamos a estar juntos, es imposible. Te quiero en mi vida para siempre.

Catherine se quedó sorprendida al ver lágrimas en sus ojos.

–Yo no podría vivir en Nueva York, Richard. Necesito a mis caballos y quiero hacer realidad mi sueño de tener un establo algún día… tú debes entender por qué es tan importante para mí.

–Claro que lo entiendo. Y no tenemos por qué vivir en la ciudad, podemos vivir a las afueras, en el campo. Me encantaría que hicieras realidad tu sueño, pero puedes atender tu establo y ser mi esposa al mismo tiempo.

–¿Mi establo? Como que eso va a ocurrir pronto… –dijo ella, escéptica–. Además, mi apellido aún va unido a un escándalo e imagino que no querrás que el tuyo…

–Catherine, mi matrimonio y mi divorcio salieron en todos los periódicos. Creo que puedo soportar lo que sea.

–Pero esto es diferente… es la clase de escándalo que la gente no olvida –insistió ella.

–Y por eso vamos a hacer un trato: vamos a limpiar el nombre de tu padre de una vez por todas –dijo Richard entonces.

–¿Cómo?

–Ya he contratado a un investigador privado. Una vez que tengamos las pruebas, limpiaremos el nombre de tu padre y todo habrá terminado.

–¿Harías eso por mí? –murmuró Catherine. Nadie la había defendido nunca, nadie había cuidado de ella desde que su padre murió.

–Tú me has devuelto a mi padre, lo más justo es que yo te devuelva al tuyo.

Las dudas desaparecieron por completo. Richard la amaba de verdad. Y, sobre todo, era libre para amarla. Catherine le echó los brazos al cuello, enterrando la cara en su pecho.

–Te quiero tanto que me moría al pensar que debía decirte adiós. No quería creer que siguieras casado y te acostases conmigo…

–¿Entonces estás dispuesta a darme una oportunidad? ¿Quieres que vayamos despacio?

Ella se apartó para mirarlo a los ojos.

–No, no quiero que vayamos despacio. Llevo toda mi vida esperando encontrar a alguien especial y no quiero perder un solo minuto. ¿Te parece bien?

Richard esbozó una sonrisa de felicidad y ésa era la respuesta que Catherine necesitaba.

Para siempre.

# Deseo™

## El rey ilegítimo

### OLIVIA GATES

En una ocasión, Clarissa D´Agostino
lo había rechazado. Y Ferruccio Sel-
vaggio, príncipe bastardo, juró que le
haría pagar por ello. Seis años después, ella estaba en sus manos. Era
el momento de darle una lección…
El futuro de su país dependía de ella.
Clarissa sabía que tenía que hacer lo
posible  para convencer a Ferruccio
de que aceptara la corona y salvara su
reino, incluso aunque conllevara ca-
sarse con el hombre que la odiaba,
aunque tuviera que entregarle su corazón…

*A la merced del futuro rey*

*¿Cazafortunas o inocente secretaria?*

Cuando el jefe de Gemma Cardone es hospitalizado y Stefano Marinetti, el hijo con el que Cesare se peleó cinco años atrás, se hace cargo de la empresa naviera, Gemma se siente atrapada entre el deber y el deseo.

Su deber: la relación de Gemma con el padre de Stefano es totalmente inocente pero llena de secretos, razón por la que Stefano sospecha que es la amante de su padre. Y ella no puede contarle la verdad porque eso destrozaría a la familia Marinetti.

Su deseo: Gemma nunca ha conocido a un hombre tan decidido, tan guapo o tan intenso como Stefano y se derrite cuando está con él. Aunque sabe que Stefano la desprecia, entre las sábanas las cosas cambian…

### Entre el deseo y el deber

Janette Kenny

# Deseo™

## Compañera de boda

**MAYA BANKS**

Evan Reese, magnate de los negocios, llevaba meses deseando a Celia Taylor, la hermosa publicista de Maddox Communications empeñada en firmar un contrato con él. Finalmente se le presentaba la oportunidad para seducirla. La invitaría a acompañarlo a la boda de su hermano a cambio del contrato publicitario que ella tanto anhelaba. Lo tenía todo a su favor: un ambiente romántico en Isla Catalina, cena con vino y la certeza de que ella también lo deseaba. La única duda era ¿seguiría deseándolo cuando Evan le propusiera que fingieran estar comprometidos?

*¿Consentiría fingir estar comprometida a cambio de un contrato de negocios?*